新 潮 文 庫

天国で君に逢えたら

飯 島 夏 樹 著

新 潮 社 版

8102

天国で君に逢えたら

天国で君に逢《あ》えたなら
僕の名前を覚えてくれたかい
天国で君に逢えたなら
僕たち二人の関係は変わっていただろうか
僕はしっかりしなくちゃいけない
そして未来を歩んでいく

気分が滅入《めい》ることもあるだろう
時には諦《あきら》めたくもなるだろう
心を打ち砕かれてしまうこともあるだろう
お願いだから　お願いだからって
心から願うようになるさ

エリック・クラプトン「Tears in Heaven」

プロローグ

Dear リサ

俺は昨日、夏の貿易風が吹き荒れる頃まではもたないだろう、とドクター二宮《にのみや》に宣告された。お前が恐れていた通りだった。腺《せん》ガンや膵《すい》ガンは進行がとても早く、見つかったときは手遅れ。現在の西洋医学では手のつけようがないらしい。俺もその一人だそうだ。クオリティ・オブ・ライフを維持して人生を楽しむようにって、最後にドクターは力なく語ったよ。

三十半ばにして……。まだ人生の折り返し地点にも達していないのに、何で俺が死ななきゃいけないんだって、憎しみや怒りが湧《わ》いてきた。タバコも酒もやらず、それなりに一生懸命やってきたのに……。

ケントとサラはまだ幼稚園じゃないか。二人が成人するまで、あと十五年は生きていたい。

しかし、これも運命っていうのかな。

〝ビジネスが軌道に乗ってからにしようね〟っていう忠告も聞かずに、自分の城がほしくて衝動買いしてしまった3LDKのタウンハウスも、早朝のサーフィンも、日本食レストランの経営も、今となっては全《すべ》て夢のまた夢……。どうでもいいことだったんだな。

リサ、謝りたいことがある。いや、謝らずにはいられない気持ちで胸が張り裂けそうなんだ。お前は聞きたくないかもしれない。善き夫、善きパパのイメージのままでいて欲しいかもしれない。でも、死が迫った今となっては、どうしてもお前に謝らないと、俺は死んでも死にきれない気がするんだ。

ファミレスでバイトしながら、サーファーもどきだった俺は、あの当時、ハワイに住んで気楽に働き、サーフィンできれば幸せになれると心の底から信じていた。スローライフな南の島＝ハッピーとな。

俺が小汚いサーファー仲間とハワイのマウイに初めて来たのはよいけれど、ハードなフキーパには入れず、ワイレアのショアブレイクでパシャパシャ波乗りの真似《まね》をしていた時のこと、お前は覚えているかい。紺と白の地味だがセンスのよいビキニを着て、波間に遊んでいたお前と目と目が合った時のことを……。

日系三世のお前は、ハワイ人女性と日本人女性の両方の美を兼ね備えた魅力的な女だった。おまけに、あの甘い香りのプルメリアのように、清純な初々《ういうい》しさがにじみ出ていたよ。それを見たとき、俺の身体《からだ》はダラッと緩み、股間《こかん》からサーフボードが空中にスピッと吹っ飛んでいった。

ハワイ大学の学生で、夏休みを利用して女友達とマウイに休暇に来ていたお前を何とかディナーに誘えた時は、もう天にも昇る気分。何と言ったらいいか、自分がケリー・スレーターになってノースのパイプラインのチューブに勇ましく入っているようなハイな気分だった。いつも海から上がって来る時とは逆に、胸をグンと突き出し、身体全体から誇りがにじみ出ているようだった。

その日のディナーは、ワイレアのゴルフコースにあるカントリークラブのダインだった。

一泊十ドルのバンガローに貧乏サーファー仲間といた俺は、あの後急いでカフマヌショッピングセンターのメーシーズに直行して、親からくすねたクレジットカードで買った、コールハーンの靴やトミー何とかというオシャレなアロハで身を固め、AVISでマスタングのオープンを借り直したっけ。

その日のディナー。

お前は日系移民として一世紀くらい前に日本からやってきたグランパの苦労や、日系といっても三世くらいになるともう日本語はわからないことが多く、ジャパニーズ・アメリカンになってしまうこと、英語の苦手な一世のオバアちゃんをかわいそうに思い、ハワイ大に入って頑張って日本語をマスターしたことなんかを話してくれた。

俺は日本では有名なプロサーファーで、たくさんのスポンサーが付き、湘南《しょうなん》の海の見えるコンドミニアムに住み、ボードは弟子に運ばせ、自分はポルシェカレラのオープンで日本のコンテストを転戦しているとか、たくさんのことをあのディナーのときに語り合ったな。

ウエスト・マウイの海、モロキニ島の横にゆっくり沈んでいく大きなオレンジに光り輝くサンセットを眺めながら、俺はテキーラサンライズ、お前はマイタイを傾けていた。

気が付けばあたりは真っ暗で、レストランを囲むトーチの炎が優しく二人を包み込み、オープンエアのテーブルの俺達の頭上には、たくさんの光り輝く星達が、まるで二人の将来を祝福してくれているようだった。夜空を見上げた俺は、あまりの美しさと自然の壮大さ、静けさに、言葉を発することもできなかったよ。

壮大な自然を作った創造主は、この数十億の男と女が住む地球の中から、俺とリサを結び合わせてくれたと、とても神聖な気持ちに包まれた。

日本に帰ってからも、俺は手紙を送りまくった。

リサは、習いはじめたばかりだというのに、俺より格段に巧《うま》い日本語の手紙を書いて返信をくれたな。大学のこと、ハワイという島のこと、白人社会のこと、などなど。俺はサーフィンの大会で活躍したこと、スポンサーが付きすぎて困っていること、日本の四季や湘南の海について、色々書いた。

それから一年後、俺たちは結ばれた。心の底から喜びがこみ上げた。俺の人生最高のときだった。

リサ、許してくれ。

俺は成功したプロサーファーなどではなく、ただ海に憧《あこが》れてたフリーターの陸《おか》サーファーだった。稲村沖のハードコアなサーファーが集まるスポットなんか絶対入れない、臆病者《おくびょうもの》なんだ。

いつも逗子《ずし》マリーナ沖のマッチョな男がたくさん集まるゲイビーチの、たまにしか割れないシュワシュワのスープ（波というより泡と言ったほうがいいのかな）で満足していた。ただボードにまたがって水平線を眺めていれば嬉《うれ》しくなっちゃう、波のフェイスを走ったことなど一度もない、ヘボな陸サーファーだった。

リサ、俺は嘘《うそ》をついていた。

俺は、二人は赤い糸で結ばれていた、なんて歯の浮くような台詞《せりふ》を何度も口走っていた。しかしそれは嘘だった。俺はアメリカ国籍のお前と結婚すれば、グリーン・カードが自動的に取れることを知っていた。あの首都高の渋滞のような閉塞《へいそく》した日本から脱出できる、という打算があったんだよ。ファミレスのフリーター生活がイヤでイヤでしょうがなかったんだ。

俺は、ハワイに住めば幸せになれるって信じていたから、どうしてもグリーン・カードが必要だった。だからお前がアメリカ市民であることに目をつけたんだ。

最初の三年間はお前が望むのにもかかわらず、子どもを作ろうとしなかっただろ。あれはな、イミグレーションがグリーン・カードをくれるまでじっと待っていたんだよ。

三年経《た》ったらオサラバするかもしれないのに、その前に子どもができちゃったら、お前から離れられなくなってしまう。

リサ、俺にはまだ謝らなければならないことがある。

あのキスマークのついたエアメールのことだ。あれは仲間の直人《なおと》と間違って届いたものだと、お前に言って聞かせたけれど、実は俺、あのセクシーなブラジル女と付き合っていたんだ。たまたまカアナパリのビーチで出会って、声をかけたら、その夜すぐにホイホイとハードロックカフェに現れた。ブラジル女ってえのは、ものすごく積極的でさあ。会って三時間とたってないのに、向こうから「私の部屋に来て」って誘ってくるんだ。まだ十七か十八でピチピチ、ムチムチして、幼いけれど出るところは出てて、俺、お前のこと忘れてついていっちゃった。出来心だったんだ。

お前には、サーファー仲間が日本から遊びに来たから面倒だけど付き合わなくちゃとか何とか言ってごまかしてたけど、あの週は実は、そのブラジル女と夜な夜なベッドの上で楽しんでいたんだよ。

お前の顔がまぶたに浮かんでくると、やめよう、もう行っちゃならないって思うんだけど、ナタリーの顔が脳裏に現れると、どうしてもあそこが硬くなってきて、夢遊病者のようにカアナパリに足がフラフラと向かってしまうんだ。

あの週、寝違えたって首にコルセットを巻いていたのは、ナタリーのつけたキスマークを隠すためだったんだよ。お前は本当に心配して、カイロプラクティックとか、マッサージとか行った方が良いと勧めてくれていたっけな。

ナタリーがブラジルに帰ってから、ちょっぴり寂しかったけれど、お前にばれたらとんでもないことになるから、これでよかったんだって思うことにした。だからあの秘め事はすっかり忘れていたんだ。

けれど、ナタリーはどうやら本気になっちゃったようで、あのキスマークのついた手紙を送ってきたんだよ。俺は無視しようと決めたけど、ヤツには俺シングルだって嘘ついていたから、どうもイヤな胸騒ぎがしてさ。特にあの真っ赤なルージュのキスマーク。もしもナタリーが押しかけて来たら、大変なことになるって危険を感じた。だから直人を騙《だま》して、ブラジルまで一緒に行ったんだ。お前には親戚《しんせき》のオジさんが亡《な》くなったから日本に行くって言ったけど、実はホノルルから西に行かずに、アメリカン航空のマイアミ経由で、東の果てブラジルに行ってたんだよ。

何とかナタリーには事情を説明して、直人を代わりに差し出した。もともと直人はパッキンの若いピチピチが好みで、俺と違って絶倫だったから、すぐにナタリーもぞっこんで、俺のことなど忘れてしまったようだった。

直人に三百ドルくらい握らせ、「これでしばらくブラジルにいろ」って命令して、俺はさっさとアメリカン航空に乗り込みマウイに戻ったってわけだ。小錦《こにしき》みたいに太ったオバさんたちに挟まれながら、エコノミーで十数時間。あん時はチキンかビーフのまずい機内食もとってもおいしく感じた。

それだけじゃないんだ、リサ。

俺、何だかんだ理由をつけて、ちょくちょく日本に行ってたろ。あれ、全部、こっちで知り合った若い観光客の女たちに会いに行ってたんだよ。

日本人の女なんて本当にちょろいもんでさあ。ウエスト・マウイの夕日なんか見て、ホテルのビーチチェアに腰掛けてるところへ、ちょっと英語交じりの日本語で、「この夕日の美しさは……」なんてウンチクを傾けながら話しかけると、解放感からか、簡単に心開いちゃうんだな。

英語と日本語ができる日系アメリカンの紳士を気取って、白人がよく集まるホテルのレストランのディナーに誘うと、もう九〇パーセントは落ちたね。まったく、ハワイに来るようなリッチなＯＬや金持ちの娘は、どういう思考回路してんだろう。自分がシンデレラにでもなったかと思っちゃうのかなあ。

こういう女が二、三人、日本で待ってるんだ。俺が、日系人だけど日本は初めてだ、なんてメールしておくと、女達は箱根の高級温泉とか、京都の古都めぐりとか、軽井沢のプリンスとか、会社休んで連れて行ってくれんだよ。

大抵、全部女が払ってくれた。「どうも、円とドルの使い方が解《わか》らなくて……」なんて言うと、「ここは日本。私の国よ。だから任せて」なんてね。

東京ディズニーシーにも連れて行ってもらったよ。まだサラとケントも連れて行ってやったことがなかったから、正直少々後ろめたい気持ちにもなった。

だけど女遊びって止《や》められないんだよなあ、どうしても。

だいたい二十歳から三十くらいまでだな、一番いいのは。それも分別のある女。女も三十五を過ぎると、なんだか焦《あせ》ってくるようで、〃あなたと結ばれようなんて高望みはしないけど、あなたの赤ちゃんだけほしいの。ねえ、お願い〃なんて言い出してくるから要注意だ。

俺が遊びだっていうの、向こうは知らないし、もちろん結婚していてサラやケントがいるなんて知る由《よし》もない。こっちは異母兄弟なんて絶対作りたくないよ。そんな面倒なこと、ばれたら大変だし、サラやケントにどう説明していいかわからないし。

あとは何を謝らなきゃいけないだろう……。

お前を騙していたこと、もっと一杯あったと思うんだけど、たくさんあり過ぎて思い出せなくなっちゃった。

ごめんな、リサ。俺って醜い男だろ。

末期ガンになった今、お前に謝りたいこと、山ほどあるはずなんだけど……。

本当にごめん。

LOVE　シュージ

国立がんセンター中央病院にて

「と、まあこんな感じですかね」

「いいっすねえ。さすが手紙屋純一さんだ。うまくまとまってますね」

シュージさんはニコニコしながら感心しています。

この仕事を始めて数カ月ですが、徐々に腕が上達してきたのが自分でもわかります。

この手紙の出来にも自信がありました。

「オレ、本も全然読まないし、文章なんて書けないバカでしょ。ハワイに長く住んでるって言っても、英語もろくに出来ないくらいだからね。純一さんみたいな人がいてくれると、ホント、助かるよ」

シュージさんは、アルファベットがAから始まりZで終わるということを、ハワイに行くまで知らなかったようなので、頭がよくないのは本当です。

ハワイに家族を残し、一人でがんセンターに四週間ほど検査入院していたシュージさんは、よほど退屈なのか、ほぼ毎日ここ「手紙屋Ｈｅａｖｅｎ」を訪れ、小学生の愛ちゃんとＵＮＯで遊んだり、アメリカでの生活が長かったアシスタントのみずほさんとも、仲良くやっていました。

シュージさんは、

「愛ちゃんは『神様はいる』とか『天国でまた逢《あ》えるよ』とか言っていたけど、俺にはやっぱり分からないな」

と微笑《ほほえ》みながら部屋の隅にいた愛ちゃんに目を遣《や》りましたが、愛ちゃんは腕組みをして、ムッとしています。みずほさんも眉間《みけん》に皺《しわ》を寄せ、明らかに怒っています。どうやら、手紙の内容が相当気に入らないようです。

二人はしばらくシュージさんを睨《にら》みつけると、プイッと踵《きびす》を返し、部屋を出ていってしまいました。

シュージさんはポカンと口を開けたまま、二人が出ていくのを見遣り、

「何か気に障《さわ》ることでもあったのかな」と、考え込んでいます。

僕は、みずほさんや愛ちゃんの気持ちもわかるけど、患者さんの心の内を代弁するのが僕たちの仕事なんだから、しょうがないよなあと思いながらも、少し反省しました。

こんなことがあったせいか、この日以来、「手紙屋Ｈｅａｖｅｎ」でシュージさんを見かけることはありませんでした。

第一章　スプリング・ブリーズ

僕は、国立がんセンター中央病院に精神科レジデントとして勤務する、野々上純一です。今は、ひょんなことから、患者さんの心の調査をすることになり、十九階で手紙代筆屋「Ｈｅａｖｅｎ」を営んでいます。

この病院は、東京のど真ん中、銀座と築地市場に挟まれたところにある、十九階建ての立派な病院。一つの建物にＡ病棟とＢ病棟があり、フロアごとにそれぞれ小児、大腸、胃、呼吸器などと診療科が分かれています。建物の南東には、活気溢《あふ》れる築地市場があり、早朝から働く人たちの威勢のよい姿を毎日眺めることができます。その向かって左側には、僕が毎日通う波除《なみよけ》神社があります。さらに東には高く聳《そび》える聖路《せいろ》加《か》タワー。南西には都会のオアシス浜離宮があり、その先には、レインボーブリッジが横たわっています。あの橋が本物の巨大な虹《にじ》だったら、病室から眺める患者さんたちの心はどれだけ癒《いや》されるだろうか、とついつい考えてしまうのは、落ちこぼれとはいえ、精神科医の性《さが》でしょうか。

とは言っても、ここで働き始めて、まだ数カ月しか経《た》っていません。

実は、今から十年くらい前までは、銀座で美容師をしていました。

僕は高校時代、山梨県内で一、二を争う進学校に通っていて、東京の有名大学も狙《ねら》える成績でした。しかし、高校三年のとき、何かの雑誌で〝NIKES〟という言葉に出会いました。それは〝No Income Kids with Education〟（教育は受けたけれど、職がない子ども）の略です。つまり、どれだけ教育を受け、学歴があっても、職がなければしょうがない、ということです。田舎で育った僕にとっては、非常に新鮮な言葉でした。三年の進路相談の際、「手に職をつけたいから、東京で美容師になる」と、先生に力強く語りました。先生は「とりあえず大学に行った方がいい」などと言っていましたが、僕の考えは変わることはありませんでした。

そして、十八歳で上京し、築地に程近い銀座五丁目の裏通りにある〝ピクニックス〟で働き始めました。オーナーの片山さん夫妻はとても良い方で、お子さんがいない代わりに、僕ら田舎出身の若いスタッフ達を我が子のように大切にしてくれました。だから僕達は、同級生かクラブ活動のように、皆で自由に、ワイワイ楽しく、助け合って一生懸命働きました。

組織というのは本当に不思議です。トップに立つ片山さん夫妻の人柄が、スタッフに伝わり、そしてまたその下の新人スタッフにと伝染していき、店の雰囲気全体が、そのオーナーのカラーに染まっていってしまうのです。

「片山さんは、お客さんに何であんなに親切に接することができるんですか？」と、いつだったか片山夫妻に聞いたことがありました。すると、観葉植物に水をあげていたご主人と、サイアミーズキャットのパオちゃんに餌《えさ》をあげていた奥さんは、顔を見合わせて微笑《ほほえ》みながら、

「それはね、純ちゃん。みんなが喜んでくれるからよ。だから私達もよーしって頑張れるの。一人一人のお客様の求めているものは多種多様で、正直なところ、全《すべ》ての人に喜んでもらえているわけではないと思うわ。私達の力も限られているしね」

「そうだよ、純ちゃん。僕達の限られた小さな力の中でね、大きな優しさ、これって目に見えるものじゃないんだけど、その優しさでさあ、今日一人目のお客様に、誠心誠意仕えようって思うんだ。すると不思議なものでね、二人目の人、三人目の人にも誠意を持って仕えることができるんだよ。そりゃ人間だから、生意気なお客様とか、どうも相性が悪い人もいるよ。でもね、自分を殺してその人が満足するように仕えるんだって思うと、逆にこちらが満たされるんだ。〝一日一生〟、毎日がそんな気持ちか

な。ちょっと恥ずかしいけど……」

　僕は返事に困ってしまいました。

　そういえば、真面目《まじめ》で実直で、葡萄園《ぶどうえん》をやりながら高校の教師を長いこと務めていた僕のじいちゃんは、よくこんなことを言っていました。

「純一、将来何になりたいか決まったか？」

　高校生でしたので、いつも首を横に振っていました。山梨の田舎なんて、就きたいと思う職などあんまりないのです。

　だから僕は将来を模索する代わりに、バイクを飛ばして気を紛らわしていました。真っ赤なタンクのＨＯＮＤＡ　ＸＬ２５０に乗って林道を攻めていれば、それで充分楽しかったからです。

　でも、じいちゃんは決まってこう言いました。

「純一、決して自分のために働こうとするんじゃないぞ。それは大抵不幸の始まりだ。自分のことはいいから、家族のため、人のため、世の中のために役に立つ、そんな仕事を見つけるんだ。そして、そんな仕事を見つけたら、楽しくできるよう工夫しろ。仕事に楽な仕事なんかねえ。その中に何か一つでも嬉《うれ》しくなるようなこと、何でもいいんだ、一日一個、小さくてもいいから良いことを見つけなさい。そして、その小さい良いことに満足するんだ」

じいちゃんと片山夫妻が語った言葉には、不思議と似たものがありました。じいちゃんも片山夫妻も、目立たないタイプの人でしたが、なぜだか人を安らかな気持ちにさせる力を持っていました。

その日から、〝一日一生、世のため、人のため〟がモットーになりました。シャンプーで手の皮が荒れてヒリヒリ傷ついた時、長い立ち仕事で足が痛い時、何か辛《つら》いことがあった時、〝一日一生、世のため、人のため〟と心の中で呟《つぶや》いて、じいちゃんに言われたように、〝小さくても楽しいこと〟を見つけるように努力しました。

そういう目で物を見ていると、結構いろんなものが見つかりました。あるときはスタッフ仲間の励ましの一言だったり、パオちゃんの誠実で優しい眼差《まなざ》しであったり、店内に置かれた鉢植えの花だったり……。

ところで、僕等ピクニックスのスタッフが、とても楽しみにしていたことがあります。片山夫妻が年に一回スタッフ全員を連れて行ってくれる海外旅行です。行く所は必ず、ハワイやサイパンといった南のリゾートでした。

なかでも僕が忘れられないのが、まだ田舎を出てから三年、二十一歳のときに行ったニューカレドニアです。

「ニューカレはとってもいい所ですよ。今年からＪＡＬが直行便を就航しまして、クラブメッドとタイアップしてキャンペーンをしているんですよ。あそこは長らくフランスの植民地でしたから、リゾートは立派ですし、フランスの若いツーリストがトップレスで日焼けするビーチがあって、南国とヨーロッパ両方の雰囲気が味わえます！」

〝若いフランス娘〟〝トップレス〟——。旅行会社の隅田さんのこの一言で、若手男性スタッフの心は一致団結、満場一致でニューカレドニア行きを決めました。

日本から南に八時間。ニューカレドニアは〝天国に一番近い島〟という通りに、美しい白砂に覆《おお》われ、ヨーロッパ建築がそこかしこに点在する、こぢんまりとした素敵な島でした。

僕たちはアンスバータービーチの端にあるクラブメッドに泊まりました。

ここはホテル内の食事、マリンスポーツ、ショーなど全て無料で、〝Ｇ．Ｏ〟という世界中から集まった陽気なスタッフ達が、昼は浜辺でビーチバレーやマリンスポーツを一緒にしたり、夜はショーを見せてくれたりと至れり尽せりで、僕等はすっかりニコニコモードでいました。

ですが、アンスバーターのビーチをどれだけ歩いても、隅田さんの言うトップレスのフランス娘は発見できないのです。僕達〝ピクニックス・メンズ〟の面々はかなりがっくりしていましたが、そう簡単に諦《あきら》めるわけにもいきません。何とか英会話ブックを駆使して、〝G・O〟の一人、フランスのモンペリエという港街から来た、気のいいフランソワに、

「ウェアー　イズ　トップレス？　ウェアー　イズ　フレンチ　セニョリータ？」

と訳のわからない英語で尋ねました。するとフランソワはやっと理解してくれた様子で、

「おお、ヌーディストビーチか。あれはアンスバーター湾の裏のレモン湾にあるんだよ。ル・サーフホテルの手前を右に曲がりな。歩いてもここから三十分もあれば行けるよ。トップレスなんてヨーロッパじゃ当たり前だけど、そうか、日本ではレアなんだな」

フランソワはいい奴《やつ》です。

「一つね、テクニックを教えるよ。ここにあるシュノーケリングマスクを持って行きな。東洋人の男が大勢で押し寄せたら、向こうも少しは怪しむかもしれないから。こ

れをつけてシュノーケリングしている振りしてビーチのオッパイをチェックするといいよ。これなら怪しまれることもない。とにかく、風景の中の一つになりきることが大切だ」

フランソワはつくづくいい奴です。

僕等は急いでアンスバーターのビーチを歩いて行きました。海の上ではたくさんのウインドサーファー達がものすごい勢いで滑っています。

「トップレス！　トップレス！　おフランス！　おフランス！」と、僕等は自然にかけ声をかけ合い、体育会の合宿のようにランニングでレモン湾へと前進して行き、あっという間に到着してしまいました。

レモン湾のビーチ際《ぎわ》で、僕等は水の中でシュノーケリングの振りをしながら、二十メートルずつ離れて、ひっそりと覗《のぞ》きを始めました。

若いフランス美人のスタイルの良いことといったら堪《たま》りません。足は長く、おしりはプリッと高く突き上がり、オッパイも大き過ぎず小さ過ぎず。健康美とはこういうのを言うのでしょうか。僕等はその美しさに見惚《みと》れてしまって、時折曇るシュノーケリングマスクを水に濡《ぬ》らしては覗きに夢中になりました。それぞれお目当ての子を見つけては、その子の行く方に立ち泳ぎで平行移動して行きます。皆、初めて見る光景に言葉を失い、黙々と励んでいます。

僕も夢中になって、フランス美女をそっと追っかけていたところ、突然「キャー」という女の子の小さな叫び声がしました。

はあ、と口をポッカリ開けて、呆けた顔でその声の方を見た時です。いきなり脳天に向かって黒くて細長い棒のようなものが降ってきて、緩みきった顔の眉間《みけん》を直撃しました。一瞬、ボードの上に手で頭を押さえてしゃがむワンピースの可愛《かわい》らしい女の子の顔が見えたような気がしましたが、あまりの衝撃に僕は気を失ってしまったのでした。

それが、夏子との出逢《であ》いでした。

気がついた時は、僕はクラブメッドのベッドの上に横たわっていました。何でも僕等がうまいことやっているか確認に来たフランソワが、僕と彼女の乗っていたウインドサーフィンのマストがぶつかるのを目撃したそうでした。

クラブメッドに卒業旅行に来ていた彼女、いや夏子は、初めてトライしたウインドサーフィンにすっかりはまってしまい、その日はレモン湾でこの島のチャンピオンのロベール・テリテオにプライベートレッスンをしてもらっていたそうです。

強いオフショアのブローがセイルに入った時に、耐え切れなくなってセイルを落としたら、たまたまそこに死んだカメのようにポッカリと浮かんでいた僕の頭に、マストが直撃した、と。しかし、軽い脳震盪《のうしんとう》で、ウインドサーフィンではよくあることだからと、ロベールとフランソワがクラブメッドの部屋に運んでくれたそうでした。

その間じゅう、ワンピースの水着姿の夏子はおろおろ、しくしく泣いていたそうで、今もこの枕《まくら》もとで、アイスノンや氷で僕の腫《は》れたコブを必死に冷やしてくれています。

細面の優しい眼差しで、心配そうに見つめられた瞬間から、僕は夏子に一目惚《ぼ》れしてしまいました。

ベッドの上で「時よ、止まってくれ」と願いました。二人だけの空気をいつまでもシェアしていたかったのです。

しかし残念なことに、僕の下心丸出しの願いに反して、事情を聞いた片山夫妻があわてて部屋に入ってきました。

「純ちゃん、頭打ったんだって。大丈夫かい？」

二人とも心配そうな顔でベッドサイドに近寄って来ます。夏子は本当にすまなさそうに頭を下げ、両手を前に重ねて謝りました。

「私が悪いんです。調子に乗ったばっかりに、本当に申し訳ありません」

何と純粋で可愛い子なんだろう。僕はガバッと飛び起きて、三点倒立をやって元気をアピールしようかと思いましたが、心の中のもう一人の僕が〝イヤイヤ、今元気になっちゃったら、もう彼女とはお別れだぞ。もう少しぐったりしてるんだ、純一〟と囁《ささや》くのです。僕は硬直して、気を付けの姿勢でベッドに寝ていました。

「あれ？　もしかしてなっちゃん？」

突然、奥さんがまるで知り合いのように尋ねました。

「ねえ、鈴木のなっちゃんじゃない？」

夏子も、はい？　としばらく奥さんの顔をながめています。

「あれ、もしかして片山さんの奥さん？」

「そうよー」と夏子の両肩をパンパンと嬉しそうに叩《たた》いています。

「久しぶりねえ。すっかり大きくなっちゃって、私最初どこの素敵なお嬢さんかと、わからなかったわよ。でも、その声と笑窪《えくぼ》を見たら、あれ、なっちゃんじゃない」

二人はどうやら知り合いのようでした。

「本当に偶然ねえ。今幾つになったの？」

「はい、二十歳《はたち》になりました」

「あのおかっぱ頭の小学生だったなっちゃんが、もう二十歳。時が経《た》つのは早いわねえ。こんな素敵なレディになっちゃって……。で、ここへはどうして？」

「はい、ちょっと早いんですけど、短大の友人達と三人で、卒業旅行に来たんです。ここは天国に一番近いきれいな島って聞いたんで」

「なーんだ、そうなの。まったく奇遇ね。お母さん、何にも言ってなかったわよ。きっと忙しかったのね」

　どうやら片山夫妻が銀座にお店を出した頃からの知り合いで、夏子は子供の頃、お母さんに連れられて、よくピクニックスに通ってきたそうです。お母さんは今でも一カ月に一回は通ってくる常連さんです。僕は応対したことはなかったのですが、確かにこの夏子によく似た年配の、夏子が四十歳くらいになったらこんな感じかなあと思われる、一人の婦人のことを思い出しました。物静かで気取らず、いつも僕等ピクニックスのスタッフに、心から〝ありがとう〟と言ってくれる優しい雰囲気の方です。

「そうかあ、なるほど。あの人の娘さんかあ」。僕はますます嬉しくなりました。だってじいちゃんは昔から「嫁を貰《もら》うなら、その親を見ろ」と言っていたからです。あの御婦人がお母さんだったら間違いなし。

　片山夫妻は、女の子三人で来ていた夏子に、よかったらいっしょに遊ばない？って誘い、その夜のディナーを一緒にとることにしました。女の子だけで来ていた彼女達も少々不安だったのでしょう。とても喜んでいました。

その夜のディナーはピクニックスと青山女子短大の合コンのように、大いに盛り上がりました。夏子の友人達はどちらも地味な感じの真面目《まじめ》な様子で、海外旅行は初めてでした。しかし三人ともいい子で（むろん夏子は別格ですが）、食事はとっても賑《にぎ》やかでおいしく話が絶えず、盛り上がりました。

僕は隣に座っている夏子との出逢いが嬉しくて胸が張り裂けんばかりで、〝G．O〟の連中のショーの中に突入して行きたくなりましたが、何とか堪えて会話を楽しみました。

僕の眉間と額はパンパンに腫れ上がってどす黒くなり、バカボンに出てくる目が繋《つな》がったお巡りさんのようでした。でも、そんなことより、夏子が僕のことを甲斐甲斐《かいがい》しく気遣って、ジップロックに氷を入れて手渡してくれるのが、嬉しくて、嬉しくて……。僕はこのまま一生バカボンのお巡りさんでいたいと願いました。

心からの嬉しさは、なかなか隠せるものではありません。身体《からだ》から滲《にじ》み出てしまいます。ピクニックスの仲間が「純ちゃん、大丈夫？」と訊《き》いてくれます。答えるのに本当に悩みました。「うん、ちょっと……」とか、わざと気分が悪い素振りを装《よそお》うには、大変な演技力がいりました。

そのたびに、可愛い夏子が目の下をウルッと濡らし、心配そうな顔でそっと氷を替えてくれるのです。それがまた嬉《うれ》しくて、僕はウインドサーフィンに心から感謝しました。そんな暖かい気分に酔いしれている時、片山さんがいきなり訊いてきました。

「ところで純ちゃん達はあんなところで、何してたの？」

〃ピクニックス・メンズ〃は皆気まずく押し黙りました。返す言葉もなく皆キョロキョロと目を泳がせています。

僕はない頭をフル回転させて、しどろもどろになりながら、

「エェッ、G・Oのフランソワがあの湾にはナマズ、そうビワコオオナマズがいるって言うんですよ」

「ビワコオオナマズ？　何でそんなのがニューカレにいるの？　だってここは淡水じゃなくて海水だよ」

「いやあ、琵琶湖《びわこ》じゃなくて、このナマズに似た珍しい魚がいるから、ぜひ見に行ったほうがいい、って勧められて……オイ、そうだよな、なっ、なっ、ナッ？」

男性スタッフ達は必死に頷《うなず》いています。

「そうか。じゃ、キャットフィッシュかライオンフィッシュのことかな？」

「そう、そう。そう言ってましたあー」

「ライオンフィッシュだったら、背ビレに猛毒があるから気をつけなきゃいけないよ。あれ踏んづけちゃったらもう大変だあ。足がお相撲さんくらい膨れ上がって、人間やめたくなっちゃうくらい痛いらしいぞ。みんな気をつけてな」

皆ハイハイと返事をしています。何とかこの話題には触れないように、僕は終始俯《うつむ》き加減で皆から顔の腫れを隠し、またこの話題に戻ってこないように、細心の注意を払いつつ、この場を盛り下げないように努めることに必死でした。

テーブルにあった飲めもしない赤ワインを、その度に口に持っていこうとするのですが、優しい夏子は怪我《けが》を気遣って、そっと僕の手にペリエの入ったグラスを手渡してくれるのです。その細やかな優しさ……。

出逢ったその日に、もう僕は彼女の全《すべ》てが好きになってしまいました。その夜は遅くまで皆で語り合い、僕等は打ち解け合いました。

翌日からも、僕等は皆で一緒に行動しました。ビーチバレーをしたり、シーカヤックに乗ったり、シュノーケリングをしたり、夏子からウインドサーフィンも教えてもらいました。

しかしこの時は参りました。水に入って彼女がセイルを起こそうとするのですが、その日は強い風が吹いていて、なかなかうまいこといきません。ボードに乗って真剣な表情の夏子。しかし、僕はあろうことか夏子の小ぶりですが形の良さそうな胸元や、ワンピースのVゾーン辺りについつい目がいってしまうのです。僕の頭はふしだらで不潔そのものでした。

ちょっと走って倒れると、今度はこちらに長い足とプックリと膨れ上がったお尻を見せながら、セイルを上げています。

もう僕のサーフパンツははちきれそうなテント状態。半分水の中に入っているのが本当に幸いでした。もじもじしていると夏子が声をかけてきます。

「さあ、今度は純ちゃんの番よ。やってみて！」

そうなんです。この頃には夏子は皆が呼ぶように、僕のことを純ちゃんと呼んでくれていたのです。純ちゃん！　純ちゃん！　と呼びかけられる度に、僕はほんわかいい気分になって、優しい御釈迦様《おしゃかさま》のような寛容な気持ちになりました。

でも僕のテントはビンビンで、とてもボードの上に直立できるわけはありません。

「なっちゃん、今日は風が強そうだから、折角だけど僕は遠慮しておくよ」

何とかかわしました。

夏子はちょっと残念そうでしたが、すぐに諦《あきら》め、

「それじゃ、またシュノーケリングでもやろうよ、純ちゃん」と言いました。

いよいよ、明日にはもう日本へ帰るという日。片山さんの提案で、皆で本島から船で数時間の白砂の小さな美しい島に行くことになりました。

島は本当に天国に一番近いのではないかと思うくらい、きれいな白砂に覆《おお》われ、小一時間で一周できてしまう大きさ。しかも海は遠浅で、エメラルドグリーンの海の遠くまで歩いて行けるのです。

白い大きな灯台がこの島のシンボルで、あとは椰子《やし》の葉を葺《ふ》いた、簡単なスナックとカクテルが飲めるバーがあるだけです。白人の男女がビキニパンツで寝そべり、甲羅干しをして寛《くつ》ろいでいます。

僕は夏子と二人で島をぐるりと散歩しました。日射《ひざ》しがじりじりと二人を照りつけます。風が時折、二人の背中を押すように強く吹き抜け、風とさざなみの音以外、何も聞こえてきません。

僕と夏子は島の裏側の風の当たらない遠浅のビーチを、海に向かって手をつないで歩いていきます。遠くの空には、灰色の雲の下に雨のカーテンが見えました。

膝《ひざ》くらいの深さのところで僕等はしゃがみこみ、手をつなぎプカプカ浮かんで空を見上げました。どこまでも青い澄みきった空。ちぎれた雲が、足早に東から西へと飛んでいきます。最高の時でした。

僕はまたあの切ない気持ちに胸が締めつけられました。どうか、この時が止まってください、永遠に……。明日、夏子と離れ離れになってしまう……。

僕はじいちゃんの言葉を思い出しました。

「人はなあ、四つのもんでできているんだ。ひとつは身体なあ。もう一つは頭だ。三つ目はここだよ」と胸をポンポンと叩いています。

「心だ。感情だよ。嬉しいとか悲しいとかな。わかるだろう？」

それはわかります。でも、もう一つ、それ以外に何があるのだろう？　と僕は不思議に思いました。

じいちゃんはゆっくり言いました。

「四つ目は……それは直感じゃよ」

「チョッカン？」

「そう、直感。キリストさんでは聖霊とか言うそうだけどな」

「セイレイ？」

「まあそれはよしとして、純一、人生には何回かこの直感がピンと理由もなく働くことがある。そんときゃ、迷わずそれに従え。頭で考えたり、悩んだりしちゃいけねえ。頭はちょくちょく迷うもんじゃ。直感は滅多に外さねえ。いいか、わかったな！」

今をなくしては、と僕はガバッと水から起き上がり、白砂の上に正座しました。夏子もびっくりして起き上がり、きょとんとした目でこちらを見ています。

僕は両方の手を白砂の上につき言いました。

「夏子さん、出逢《であ》った時から僕は君のことを、君のことを……」

夏子は僕のあまりの真剣な表情と雰囲気に圧倒されています。

「夏子さん、僕とお付き合いしてください。お願いします！」と、水の中に頭をザブンとつけました。

夏子はあまりに突然の僕の申し出に、戸惑っていたようでした。

僕は水の中で息ができなくて、苦しくて失神しそうになりました。

もう駄目と息が尽きかけた頃、夏子の優しい腕が、僕の両肩にそっと触り、水から優しく起こしてくれました。

プハーッと大きな息をし、海水でぼやけた目の前に、美しく微笑《ほほえ》んでいる夏子の顔。そのバックの先ほどのグレーの雨雲の辺りに、大きな虹《にじ》が輝いていました。

日本に帰ってきてから、僕たちはデートを重ねました。

夏子は大学卒業後、幼稚園の保母さんを目指していましたが、お母さんの生子さんの体調が悪かったため、しばらくはその夢を諦め、両親の経営する築地の水産会社の事務として働き始めました。ですが、お互い家が近いとはいえ水産会社の朝は早いので、僕が彼女の時間に合わせる形で、朝靄《あさもや》がかかる築地場外市場でデートをしていました。早朝なので決して楽ではありませんでしたが、夏子に会いたい一心で早起きを続けました。

そんなデートを重ねて一カ月が過ぎ、僕と夏子の関係も安定してきた頃のことです。僕は、ピクニックスの休憩室でオニギリを頬張りながら、その日の朝、夏子に「読んでおいて」と手渡された手紙を開きました。

「純ちゃん、私、赤ちゃんできちゃったみたい……」

「冗談だろ？」

なぜなら、僕と夏子が結ばれたのは一度きり。湘南のビーチでデートして、映画「奇跡の海」を観《み》た、あの一晩だけです。前にも後にも、僕達は純潔を守り通していました。しかも、あの日はアレもしっかりと装着したはずです。それなのに、なぜ……。

その日、仕事はまったく手につきませんでした。そんな僕の思い詰めた姿を見た片山夫妻は、僕を夕食に誘ってくれました。

「どうしたの？　何かあったの？　私たちにできることは何でも相談してくれていいのよ」

田舎者の僕にとって、この広い東京で信頼して相談できるのは、お二人だけです。どうやら夏子が妊娠したかもしれないことを、正直に打ち明けました。

はじめ、片山夫妻もびっくりしていました。僕も夏子も比較的奥手で、結婚までは清い付き合いでありたいと、常々話していたからでした。実際、僕等が真剣に清く付き合っていることは、生子さんからも耳に入っていたはずです。

パニックになって茫然《ぼうぜん》自失している僕に、奥さんは言いました。

「純ちゃん、おめでとう」

「ハッ？」

「純ちゃん、いよいよお父さんになるのね」

「ヘッ？」

「そうだよ、純ちゃん、順番がちょっとアベコベになっちゃったけど、良かったじゃないか。遅かれ早かれ、なっちゃんとは結婚するつもりだったんだろう？」

「ええ、まあ……」

「これはおめでたいことよ」

「僕等のように、どんなに望んだって子どもができない夫婦だって、世の中にはたくさんいるんだよ。にもかかわらず、ちょっとフライングしちゃったけれど、純ちゃんとなっちゃんには子どもが与えられたんだ」

「うーん……」

「日本ではね、子どもを作る、作らないって言葉使うじゃない。あれって間違っていると、私は思うの。まるで自分達の意志で勝手に子どもを作れるような感じで。でもね、欧米や他の国では違うのよ。大抵子どもは与えられるものだって言うの。新しい命は、神様が、この二人だったらきっと幸せに育ててくれるだろう、そういって与えられるものだってね。もっと神秘的なものよ、子どもを授かるっていうことは……」

片山夫妻の言葉で、一瞬にして心の目がパッチリと開かれました。

そうだ、僕らは生まれた時から赤い糸によって結ばれ、子を与えられることになっていたんだ。

僕はやっと我に返り、喜びと力が湧《わ》いてきました。

「ねえ、純ちゃん、なっちゃんには電話したの。きっと純ちゃんの声、聞きたいはずよ。ちょっと待ってなさい」と奥さんは言って、ウェイターに頼んで電話の子機を持って来させ、夏子の家に電話をしてくれました。

僕は震える手で必死に受話器を持ちながら、

「夏子、おめでとう。良かったね。ほんと、よかったね……」と最後の方は言葉に詰まり、涙で何も言うことができませんでした。

夏子も僕の声を聞いて安心したようで、

「ありがとう、ありがとう……」とか細い涙声で囁《ささや》いていました。

翌日、僕と夏子は、片山さんと夏子のお母さんの勧めで、聖路加《せいろか》国際病院に二人で行きました。

年配の女医さんは、優しく夏子をベッドに寝かせました。下腹の辺りに透明なジェルを垂らし、コンピューターのマウスのようなものでお腹《なか》をスリスリと擦りながら、モニターを眺めています。僕も食い入るようにこの画面を見つめました。

女医さんは微笑みながら、

「元気そうな赤ちゃんですねえ。まだまだほんの初期だから、母体をしっかり休ませてあげてくださいね」

「あ、はい」

僕はほっとしました。続けて穏やかな声で、

「お父さん、頑張ってくださいね。元気な双子のお父さんになるんだから……」

「ヘッ、フ・タ・ゴ？」

夏子のお腹には二つの命が宿っていたのです。


「純ちゃん、名前、何にしようか？」

「う～ん、そうだね。何がいいかなあ」

病院の帰り道に、スターバックスに立ち寄った僕と夏子は、生まれてくる双子の名前を早速考えていました。

「私、双子の子達が支え合って生きていってほしいわ。誰からも可愛《かわい》がられてね」

「うん、僕もそうだな。字画とかよりも、呼びやすいのがいいな」

「そうそう、純ちゃんのようにね」

「そう言ったら、なっちゃんもだよぉ。なっちゃんって響き、とっても和やかに聞こえて、その場の雰囲気が一気に和むもん。それに比べて純一なんて、不倫は文化だなんて言ったタレントみたいだし、それにちょっと弱々しいよ。まあ、でも出産予定日は来年の春なんだから、まだまだゆっくり考えればいいんじゃない？」

すると、夏子は静かに首を横に振りました。

「純ちゃん、ねえ、聞いて。私達の赤ちゃんはまだ二カ月でこんな指の先ほどに小さく、弱々しい。だけどね、もう命は誕生しているのよ。私のお腹の中でね、一生懸命生きているのよ」

そうだった、夏子の言う通りだ。僕は目に見えることばかりを考えていたけれど、紛れもなく新しい二つの命がこの夏子のお腹に宿っていて、それは僕と夏子の子どもなのです。

「だからね、純ちゃん。今こうして私たちが話してるのだって、お腹の中の赤ちゃんは、パパとママ、何話しているのかなあ？　って聞いているかもしれないのよ」

夏子はいいことを言います。生来の乗せられやすい性格も手伝って、徐々に父親になる実感が湧いてきました。そうだ、僕は今、二児の父なのです。

「そうだね、夏子。二人はまだ僕等の前に出てきてないし、おまけに籍も入れていないし、住まいもバラバラだ。だけど、僕等はもうファミリーだよ。四人家族だ」

夏子は目を潤《うる》ませて、こちらを見ています。

「ファミリーか。いい響きよね」

天井を見上げてしみじみとその言葉を味わう夏子。ハワイアンのイージーリスニングがテンポよく店の中を流れていました。

「ねえ、純ちゃん。だからなるべく早く、私達二人の子の名前を決めて、このお腹の子に毎日呼びかけてあげましょうよ。大きくなあれ！　元気に育て！　ってね」

「うん、すぐにでも決めよう！」

夏子はとても嬉《うれ》しそうでしたが、おもむろに時計を眺め、

「私、そろそろ行くね」といそいそと薄手のジャケットをはおり、名付けの本をバッグに入れて席を立ちました。

「仕事、頑張ってね」

と僕は声をかけました。夏子は右の手でバイバイして、小走りに走りかけていきましたが、次の瞬間、ちょっと暗い顔になって、

「純ちゃん……」

「ん、どうしたの？」

ちょっと考え込む顔をしていましたが、

「ううん、いいの」と言って夏子は階段を足早に下りて行きました。

僕は決心しました。僕等はファミリーになったんだ。夏子と双子の子を絶対幸せにするんだ、と。

清洲橋《きよすばし》のむこうの空に向かって、思わず両手を合わせて祈りました。何に対して祈っているのかはわかりませんが、夏の終わりの太陽は神々《こうごう》しく光り輝いていました。

翌日、ピクニックスでの休憩時間の時のことです。

今朝、僕と会うことができなかった夏子は、甲斐甲斐《かいがい》しくもお店にお弁当を届けてくれました。そこには、一通の手紙が添えられていました。

「純ちゃん、私達の双子のことだけど、私ちょっといい名前思いついちゃったの」

んー、なになに？　期待が高まります。たった一日で夏子はもう考えたのか？　僕は子ども名前辞典などを貪《むさぼ》り読んでも、何かこうピン！　と来るのがありませんでした。

「純ちゃんは笑うかも知れないけれど、思い切って書きますね」

おいおい、何だろう？

「それはね、〝キヨミとハルミ〟。漢字ではね、〝清海〟と〝晴海〟って書くの。二人が出会ったのが、ニューカレドニアの晴れやかで清らかな海じゃない。そこから採ったのよ。キヨクン、ハルちゃん、呼びやすいと思わない？　それにとってもいいのは、この名前だったら男の子でも女の子でも、どちらでも合うでしょ。だから当日どちらの子が生まれてきたって大丈夫。純ちゃんはどう思う？」

　さすがは夏子です。出来が違います。

僕は〝清海〟と〝晴海〟がいっぺんに気に入ってしまいました。普通なら〝清美、晴美〟となるのに、あえて〝海〟を使うところがとてもいいです。〝清らかな海〟、〝晴れやかな海〟、最高です。

　お弁当をもぐもぐ食べながら、キーヨ、ハール、なんてニコニコと話しかける自分を頭に浮かべ、至福の時を楽しんでいました。

「きっと純ちゃんも気に入ってくれるかな？」と夏子のきれいなマンガ字の最後に、

「P．S．明日朝四時三十分、共栄会二階のマクドナルドに来るようにとの父からの伝言です。念のため、目印としてサンタクロースの帽子を被《かぶ》ること。純ちゃん、くれぐれも気をつけて。夏子」とありました。

　とうとうこのときが来てしまいました。夏子の父親は、築地市場で働く頑固親父《おやじ》。築地近辺では知らない者はいないと言われる昭和の男と、片山夫妻から聞いてました。そんな人に、結婚や妊娠のことも報告していないどころか、挨拶《あいさつ》すらしていないのです。

　どうすればいいのか。何が起こるのか。緊張と不安が一気に高まり、恐怖でパニックになりました。

　共栄会二階のマクドナルドの窓側の席に、僕は赤に白の縁のサンタの帽子を被り、怯《おび》えて座っていました。

　早朝四時。

　麻のジャケットとズボン、リーガルの革靴は、全部片山さんから借りたものです。昨夜、片山夫妻に事情を話すと、いよいよか、とお二人とも真剣になり、色々アドヴァイスをしてくれました。

「なっちゃんのお父さんは大三さんっていうんだけどね、とにかく強烈な人で、娘に結婚相手ができて、しかもお腹に赤ちゃんまでいるなんて聞いたら、どういうリアクションをとるかわからないよ。築地で十五歳の時から先代を手伝って三十年、マグロをかっさばいてきた頑固一徹な人だから、二、三発ブン殴られるのは覚悟しておいた方がいいよ」

　僕にそんな覚悟ができるはずもありません。

「なっちゃんは一人娘で、本当に目の中に入れても痛くないほど可愛がってきたから……。でも純ちゃん頑張って。正直にすべてを伝えるのよ。最後に愛は勝つ、よね！」

そんな言葉では、怯えは収まりませんでした。

午前四時のマック、客は僕一人。

震える手でコーヒーカップを持ちますが、全く喉《のど》を通りません。おまけに何度もトイレに立ちました。僕は過敏性大腸症候群で、小さい頃から緊張すると必ず腹が痛くなり、下痢をしてしまうのです。

その時です。がんセンターと築地市場を分断する、まだほの暗い新大橋通りを、一台の小さな車のようなものがゆっくりと北上してきました。よく見ると、それは狭い市場で魚を運ぶのに使われるターレーと呼ばれる運搬車です。スペインの闘牛士が手に持つ布のように真っ赤なボディ、そして湾曲したフロント部分には白い大きな字で「㊎」と太く書かれています。銀の楕円《だえん》を重ねた「TOYOTA」のエンブレムもついています。荷台の背もたれには右に大きな日章旗、左に大漁旗がはためいています。ボディに内蔵しているらしいスピーカーから、よく天皇のお誕生日などに耳にする音楽が流れています。

〝月、月、火、水、木、金、金！〟

〝月、月、火、水、木、金、金！〟

そのターレーはこの店の下で止まりました。長靴をはき、紫のニッカボッカ、黒いビニール製の前かけをして、首に日本手拭《てぬぐ》いを巻き、頭に「㊎」と入ったキャップをかぶったオッサンが、こちらをじっと見上げています。

その眼光は鋭く太ったゴルゴ13のようで、血色のよいリンゴのような頬が脂《あぶら》ぎってテカテカと光り、いかにも恐《こわ》そうです。

僕はどうしていいかわからず、気を付けをしてサンタの帽子を頭からむしり取り、胸の前に当てて固まってしまいました。

小太りのゴルゴ13は顎《あご》で「こっちに来い」と合図しています。僕は電気で弾《はじ》かれたように飛び上がり、階段を急いで駆け下りていきました。

そう、この小太りのゴルゴ13が夏子の父、大三さんだったのです。

野太い声で大三さんは言いました。

「オメーが純一か！」

僕は必死で礼儀正しく自己紹介しようとして、逆にしどろもどろになっていました。

大三さんは苛《いら》ついた様子で、

「オメーが純一かって聞いてんだろ！」

と強く訊《き》きました。

「はっ、はい！　純一です」

大三さんは、

「乗れっ！」と荷台を指さしました。

「はっ？」

「乗れって言ってんだよ！」

僕は慌《あわ》てて真っ赤なターレーに乗りました。怯えきって足はわなわな震え、汗ばんだ手でしっかりと背もたれをつかみました。

小太りのゴルゴ13は、無言でターレーを築地市場内に向けて走らせ、国立がんセンターと朝日新聞社の間の赤信号の交差点を、勢いよく信号無視して横断して行きました。ターレーは「月、月、火、水、木、金、金！」というあの軍歌を轟《とどろ》かせながら、場内へと吸い込まれていきました。

連れて行かれた先は、大三さんの店、マグロ卸売業、丸金水産の店内でした。隣の競《せ》り場には世界中から集まったたくさんの大きなマグロが、一列になって台の上に並んでいます。競りが近いのか、恐そうなオッサン達が、懐中電灯片手に一尾ずつしっぽの切り口で質を確認しています。売る側も買う側も、ピーンと緊張感が漂って殺気立っていました。

「おい、降りろ！」と大三さんの野太い低い声。

「は、はいっ」

僕は年季の入った分厚い木のテーブルの横に立たされました。

大三さんはキャップを脱ぎ、首に巻いた手拭いを額にギュッと巻き締め、ゴソゴソと流しの方へ何かを探しに行きました。

僕はと言えば、完全にこの場から浮いていました。今にも競りが始まると、皆長靴に身を固めている人々の中で、自分だけ明るい小麦色の麻のジャケットにプレーントゥの革靴、おまけにサンタクロースの帽子姿です。一体どうなってしまうのか、不安に押し潰《つぶ》されそうになりながら、直立不動で辺りをきょろきょろ見回していました。

そこへ、両手に銀色の棒のような物を握りしめて大三さんが戻って来ました。にやりと笑い、次の瞬間ドスの利《き》いた嗄《しゃが》れた声で、静かに言い放ちました。

「おい、裸になってそこのテーブルの上に乗りな」

「……」

僕は何を言われたのか理解できずに、大三さんを怯えた目で見つめていました。

「さっさと服脱げって言ってんだろ、こののろま！」

やっと言っていることに気がつき、片山さんから借りた高価そうなジャケットとシヤツを急いで脱ぎます。上半身裸になったところで、大三さんを恨めしそうに見上げました。

「ズボンも脱いで、さっさとそのテーブルの上に仰向けで寝ろ！」

僕は大慌てでズボンを下ろし、グンゼの白ブリーフ一枚になり、ささっと分厚く濡《ぬ》れたテーブルの上に横たわりました。頭にはサンタの帽子を被ったままです。ひんやりと背中が冷たく、背筋がゾクッとしました。病院の診察台の上に寝かされた気分ですが、この台はもの凄《すご》く生臭く、ネチャネチャしています。

大三さんは「動くんじゃねーぞ！」と恐い声で言って、ターレー内蔵のスピーカーからまたあの「月、月、火、水、木、金、金」の軍歌を流し始めました。

振り返った大三さんは右手に出刃包丁、左手には一メートルはゆうに超える刀のようなおろし包丁を持ち、寝そべっている僕を見下ろしています。

僕はハッと息を呑《の》み、凍りつきました。どうやらこの分厚い木のテーブルは、マグロの解体に使うもののようでした。

次の瞬間から尋問、いや拷問《ごうもん》が始まりました。

刀のようなおろし包丁を振り回しながら、キョエー、キョエーと気合いを入れています。目はもうすっかりどこかに飛んでしまい、完全にイッてしまっています。

「てめえ、よくも夏子を手込めにしてくれたな。この落とし前、どうつけてくれんだあー！」

「……」

僕は完全にビビッて声も出ません。

「てめえ、おまけにややまで作りやがって、どういうつもりなんでえ！」

「……」

「何とか言え、このボケぐぁ！」

「す、すいません。すいません、すいません」

「すいませんだと？　てめえは夏子を弄《もてあそ》んだのかぁ？」

「ち、ち、ち、違います。ほ、本気、本気です」

大三さんは左手のおろし包丁の先っちょのひらで、僕のグンゼのブリーフのちょっとだけ盛り上がったところをペシッペシッと叩《たた》き始めました。

「おーい、本気の男がすぐに手出すもんかよ。普通は女の操《みさお》を守ってやるのが本物の男じゃねえかよ、ええっ？」

「……」

「でっ、何回やったんだ！」

「……」

「何回だ！　はっきり言え！」

「いっ、いっ、一回きりです」

「一回きりだとぉ。一回やらあ、十分だぁ」

僕の股間《こかん》をペシッペシッと打つ刀のようなおろし包丁は、ライトの光にきらりと刃が鈍く光っています。軍歌のリズムに合わせて、まるで太鼓のように打ちつけ、止める気配がありません。僕の息子は完全に縮み上がっています。

「おめえなー、こんな小さな、シメジによぉ、よくそんな大それたことが出来たな」

「あ、あ、あ……」

「おめーがもう悪さできねえように、このシメジ、阿部定《あべさだ》のようにスパッといくか！」

キラリと大三さんの目が光っています。丸金水産のスタッフ達も、競りをしながら心配そうにこちらを見つめています。

「そっ、そっ、それだけは、ご、ご、ご勘弁を……」

必死に僕は弱々しく叫びました。

その時です。夏子のお母さんの生子さんがやってきました。

「あなたっ、いい加減にしなさい。そんな脅かしたりして！」

「だってなぁ、お前、大切な夏子をだな、手込めにされたんだぞ。これが黙っていられるかってんだ！」

大三さんも生子さんには弱いらしく、声のトーンが少し下がりました。そして、丸金水産の社員らしき人に向かって言いました。

「おい、八右衛門、昨日グアムで揚がったキハダ持って来いっ」

「ヘイッ」

「おい、それをコイツの上に乗せろ！」

その八右衛門さんという人ら二、三人が、とれたてのキハダマグロを僕の身体《からだ》の上に乗せました。

体長は自分の背丈ほどで、信じられないくらい重く、ズッシリと胸が圧迫されて息ができません。

「今からこのキハダをかっ捌《さば》く。その間に俺の質問に正直に答えろ。正直にな。嘘《うそ》ついたらただじゃおかねえゾ！」

「……ウッ、ウッ」とマグロの重みに窒息しそうになりながら、僕は何とか答えました。

「夏子とは、どうすんだ！」

「うっ、うっ、結婚したいです……」

フーンという顔をしながら、出刃包丁をグサッとマグロに突き刺します。マグロをおろすその姿は真剣そのもの。

「おい、お前、しっかり頭押さえとけ！　お前にこの出刃刺さるゾ」

僕は酸欠で気を失いかけつつ、必死になってキハダマグロのエラに手を入れ、ギュッと握りしめました。

「夏子もう二十一だ。いずれは嫁に行くとは俺も思っていた。だからおまえら二人が本気なら、俺がとやかく言う筋合いはねえだろう……」

そう言いながらブス、ザッザッザッとマグロをかっ捌いていきます。

出刃が目の前で振り下ろされる時の恐ろしいこと。しばらくして腹スジの大トロ、中トロの部分がおろし取られました。僕も少し息が楽になり、金魚のように口をパクパクして必死になって空気を吸いました。

「ところでお前、美容師だってな」

「は、はい。まだ新米の駆け出しですけど」

寒さと恐怖でガタガタ震えながら答えました。

「手取り、いくら貰《もら》っているんだ？」

「はい。十五万ですっ」

「何！　たったの十五万！　お前そんなんでどうやって生活してるんだ？」

「はい。もともと田舎で育ちましたんで贅沢《ぜいたく》はしませんし、安い所に住んでますので、何とかやっていけてます。唯一《ゆいいつ》の贅沢は映画見るくらいですから……」

「どんな所に住んでんだ？」

「風呂《ふろ》なし、トイレ共同の四畳半のアパートに……」

「おめー、そんな汚ねえぼろアパートに、夏子を連れ込む気かぁ？」といきなり怒り出しました。

「す、すいません、すいません」

返す言葉もありません。確かにあそこでは夏子も子ども達も可哀《かわい》そうです。

「まあいいや。とにかくなあ、お前、美容師辞めろ！」

「はっ、はい？」

「美容師辞めろっつってんだ！」

「でっ、でっ、でも、それは――……」

僕は今の職業に満足していましたし、将来は独立して、夏子と二人でピクニックスのような小さくても暖かいお店を持ちたいと思っていたからでした。

大三さんはせっせと捌く手を休めずに言いました。

「なぁ、お前。あと十年したらなあ、どうなる？　ちょっとは白髪も生えるし、頭ももしかしたら薄くなるかもしれねえ。ホラ、コレを見ろ！　オレなんか二十代後半からこのザマだ」と言って、額の手拭いをはずし、頭のテッペンを見せます。

ツヤツヤ光る地肌に産毛《うぶげ》のような柔らかい髪が、汗でちょっとだけへばりついていて、両サイド以外はみすぼらしい限りです。

手拭いを巻き直しながら、

「おぅ、おめえさんもこうならないとは限らないんだぞ。こんなハゲ頭に髪の毛カットしてもらいたいっていう若い女の子いると思うか？　どんどん若い美容師が出てくる時代なんだぜ。だいたいなあ、三十五過ぎた男の美容師なんてのはなあ、田舎帰って実家の床屋手伝うか、あとは転職するしかねえんだよ。カリスマ何とかなんてやっていけるのはほんの一握りよお。それが現実ってもんだ」

確かに大三さんの言うこともっともです。

「な、悪いことは言わねえから、美容師辞めろ」

もう、キハダの背スジのカミ、ナカ、シモの赤身の部分も削《そ》げ落ちています。そして八右衛門さんらは、「せーの」のかけ声と共に、僕の胸の上のキハダを反対面にひっくり返しました。

今度は骨がチクチクと僕の身体にくい込んできて痛いうえに、生臭い血がべっとりと身体を覆《おお》い、滴《したた》り落ちています。

マグロは軽くなって良いのですが、その半分に薄くなったキハダ目がけて出刃をグサッと振り下ろしていくのが恐くて仕方ありません。いつキハダを貫いて自分の胸に刺さってくるのか、びびりまくっていました。

「なぁ、すぐ辞めろ」

グサッと出刃が振り下ろされます。

「はっ、はい。す、す、すぐ辞めます」と僕は叫んでいました。

「よーし。ほんじゃ、お前、次は何するんだ？」

「……」

あまりに唐突な質問です。今の僕には、何か考えることなんてとても不可能です。

「何して食っていくんだって聞いてんだよ！　おりゃー、江戸ッ子なんでえ。気が短いんだぞぉ。早く答えろ！　おめぇー、田舎でもけえって、葡萄園《ぶどうえん》でもやるっていうんか！」

その時です。柱の陰から、夏子が心配そうな顔でこちらを窺《うかが》っているのが見えました。

「おい、おめえ、このキハダを捌き終わるまでに答えねえと、おめえ達の結婚は認めねえ！」

もうすでに反対の面も腹スジのカマ、大トロ、中トロは削ぎ落とされています。あとはシモの中トロと背スジの赤身の部分が残っているだけです。

僕は必死になって、思いつく限りの職業を考えに考えました。消防士、保育士、サラリーマン、船員、板前……。どれもこれも、この大三さんを納得させられるようには思えませんでした。

その時です。柱の陰の夏子が、魚を入れる真っ白い発泡スチロールの裏にマジックで何やら文字を書いて、必死になって指差しています。そこには、「パイロット、弁護士、税理士、医者」と書いてありました。どうやら大三さんはこの四つ以外は、夏子の夫になる人の職業として認めていないようでした。どれをとっても自分にはなれそうにない職業ばかりです。しかしもう胸の上のキハダは骨だけになってきて、あとは尾っぽ近くのシモの赤身を残すのみです。

もう絶体絶命でした。

「おい、どうすんだー。夏子と結婚したくなくなったのか！」

その一言で、不思議な勇気と確信が湧《わ》いてきました。

夏子と清海、晴海のためだ。

「い、い、医者になります！」と叫んでいました。昨日ちょうどマンガ喫茶で『ブラック・ジャック』を読んでいたのです。最後の尾っぽの赤身がスイーッと削ぎ落とされるのと同時でした。


こうして僕は医者を目指すことになったのでした。

第二章　サマー・ウェーブ

このがんセンターに勤め始めてから、一カ月が過ぎていました。

精神科の上司、原田部長からの指示は、「ガンという現実を突きつけられ、心の葛《かっ》藤《とう》と怒りが理性の限界を超えてしまった患者さんの宥《なだ》め役に徹しろ！」ということでした。

自分で点滴の針をむしり取って家に帰ると言い出してきかない患者さん、何の治療も見込めず、あと二カ月の命と言われ、その現実を受け入れられずナースやドクターに悪態をつく人……。

僕が白衣を着ていて若いというだけで、患者さんたちは病院側の人間、つまり敵とみなし、溜《た》まりに溜まった罵《ば》声《せい》を浴びせてくるのです。

ナースの態度が気に入らない、ドクターは本当の事を話してくれない、同室の患者のいびきで寝られない、飯がまずい、たまには寿司《すし》でも食わせろ、市場はこの目の前にあるじゃねえか、と怒鳴りまくるのです。酷《ひど》い時は、ベッドに寝転んだ患者にワッシと胸ぐらを摑《つか》まれてビンタを食らうこともありました。

僕はそんな修羅場に一人駆り出され、怒りの捌《は》け口、いや、この病院というストレス空間のサンドバッグになっていたのです。希望に燃えて〝一日一生、世のため、人のため〟をモットーに、仙台の東北労災病院からここ国立がんセンターに移ってきた僕ですが、徐々にやる気を失い、胸ポケットのPHSが鳴るたびに心臓が〝ビクーン〟として、下痢になりトイレに走ります。また過敏性大腸炎が始まったのです。行きたくないなあ、今度はどんな人だろう、と気が重くなります。


そんなときはいつも、インターン時代に子供の肝臓手術に立ち会った際起こした、パニック障害の記憶が甦《よみがえ》ります。

僕は、あの大三さんから拷問《ごうもん》を受けた翌日から、夏子の実家に転がり込み、一年間浪人して、琉球《りゅうきゅう》大学の医学部に入学しました。しばらくして夏子と生まれたばかりの双子の子ども沖縄に呼び寄せ、四年間学部生として医学を学び、その後単身赴任のインターンとして、琉球大学医学部附属病院を経て、東北労災病院に移りました。

医者のインターンは三カ月単位で、内科、外科、小児科、精神科、救急と慌《あわ》ただしくすべての科を渡り歩いて経験を積んでいきます。

外科に籍を置いていたときのことです。

緑色の手術着を着て、マスクと帽子をかぶり、執刀に立ち会い見学していました。患者は僕の子ども達と同い年くらいの女の子。ベテランの外科の先生は手慣れたもので、スッスッスーと手際《てぎわ》よくメスで女の子のお腹《なか》を開腹し肝臓を眺めています。

僕はその様子を後ろから覗《のぞ》き込んでいました。お腹の中をじっくりと眺めるのは初めてではありませんでしたが、血と臓器は非常にグロテスクで、おまけにこの子が自分の子どもだったらと思うと、心が痛みました。

そのときです。例の過敏性大腸症候群、つまり腹痛を伴う下痢が僕を襲ったのです。手術は、今まさに肝臓を切除しようとしている大事な時。一〇〇パーセントの集中力で満ちているこの空間で、「トイレに行ってもいいですか？」なんて間抜けな問いかけは絶対に出来ません。

僕は、時折襲ってくる津波のような発作を必死になって堪《こら》えながら、その女の子の内臓を食い入るように見つめていました。

とそのとき、急に右手の小指が意に反して丸まってきました。どうしたのだろう？と左手で必死になって右小指を伸ばします。しかし指は僕の言うことを聞いてくれず、今度は薬指、中指、人さし指と次々と折れ曲がってしまい、知らない間に固く拳《こぶし》を握っていました。必死になって左手で指をこじ開けようとしますが、ビクともしません。一体どうしてしまったのでしょうか？

子どもの肝臓からは血が溢《あふ》れ出て、辺りは血で染まっています。

すると、今度は左手の小指にも変化が現れました。右手同様、小指から順番に、薬指、中指、人さし指と丸くなり、おまけに手首まで内側にひん曲がってきて、もうどうしようもないほど、固まってしまったのです。

僕の身体《からだ》に、一体何が起こっているのでしょうか。僕は焦《あせ》りました。おまけに断続的だった強烈な便意が絶え間なく襲ってくるようになり、それを抑えるのに冷や汗がたらたら流れ出してきました。

ついにはどっくんどっくんと大きな動悸《どうき》がはっきりと耳に聞こえてくるようになり、次第にそのペースが激しくなっていきます。

硬直は上半身全体に広がり、もう肘《ひじ》と肘がくっついて、腕は完全に胸の前に固くひん曲がり閉じきった状態です。

このままではまずい、どうしよう、どうしよう……。

しかも声も出ません。おまけに今度は呼吸が苦しくなり、ついにはふくらはぎがこむら返りを起こしました。

そして、万事休す。

僕は手術室の床の上に、ドーンと凄《すご》い勢いで倒れこんでしまったのです。

それからのことは自分では覚えていません。あとから聞いた話では、何事かと慌てたナースたちが駆け寄り、血圧のベルトを巻き、心電図の電極を胸につけ、背中を必死にさすってくれ、ドクターが筋肉注射をして、ビニール袋を僕の口に当ててくれたそうです。

気がつけば、病棟の個室に寝かされていました。もう身体は何事もなく動きます。呼吸も普通でした。一体あれは何だったのだろうと考えていると、琉球大学医学部時代からの先輩ドクター杉本さんが、大きなスライディングドアを開けて入ってきました。

「どないや？」

僕は何のことか分からず、目をパチクリ、先輩の顔をジッと覗き込みました。

「純一、やっちまったのお」

杉本さんは優しい大阪弁で言いました。

「まあ、気にすんな。ヨットでいえばちょっと沈《チン》したようなもんや。気にすることあらひん」

僕はやっと口を開きました。

「先輩、ぼっ、僕、一体……」

「うーん」

「せ、先輩！」

「そーやな。精神科のドクターによると、パニック障害やそうや」

「パニック障害……」

「そやっ。お前もともと気小《きい》さいやろ」

「……」

「そやさかい、過呼吸になったんやな……」

「かっ、過呼吸？」

「そや、極度の緊張のあまり、空気吸い過ぎて二酸化炭素が不足してバッタリや。全身の筋肉も痙攣《けいれん》してな。お前、全然覚えとらんのか、ドクターにビニール袋、口に当てられたの？　まあ、しゃあない、しゃあない。パニック障害とも仲よう付き合《お》うていくんやな。ほなっ」

そう言って、白衣の杉本さんは去って行きました。

病室のパイプ椅子《いす》の上に目をやると、大きなビニール袋が置いてありました。僕は起き上がり、袋を開けました。手術着と下着でした。プーンと下痢とオシッコの臭いにおいが鼻をつきました。

「あ、あ、あ……」


事件から数日が過ぎ、何とか現場復帰した僕でしたが、本当に医者としてやっていけるのかと、自信を失っていました。追い打ちをかけるように、廊下でドクターやナースとすれ違うたび、嫌な視線を感じたり、くすくすと笑い声が聞こえたりします。こんな辛《つら》い日々を過ごすのは耐えられませんでした。

そんな僕の気持ちを察してか、杉本さんがセーリングに誘ってくれました。

琉球大学時代、ヨットのオリンピック強化選手だった杉本さんに半ば強引に誘われ、ヨット部に入った僕でしたが、仙台に来てからは仕事に忙殺され、しばらく海からは遠ざかっていました。

「お前が来いへんのなら、もっと醜いお前の過去をドクターやナースに言いふらしたる」

杉本さんの誘い方はこのときも強引でした。

僕は仕方なく松島セーリングクラブに足を運び、杉本さんと外洋へヨットを走らせました。

「純一、気持ちええのー。やっぱ風道《ウインドウ》はサイコーやのー」

「そうですね。海はいいですね」

僕もあの悪夢を忘れつつありました。

「なあ、純一。血が怖くたって、手術中にぶっ倒れたって、ええやん。純一は純一のええとこを伸ばせばええんちゃうの」

「そうですかねえ」

「最近なあ、臨床心理士ってのがもてはやされとるやろ。心の病を治すっちゅう、要するにカウンセラーや」

「はぁ。それがどうかしましたか？」

「いや、だから現役のパニック障害のお前なら、患者の心もいろいろ理解できるんちゃうかなあと思うてな。どや、カウンセラーの仕事、やってみいへんか。あれなら、血も見んでもええし。みんなには内緒やけど、お前、うつ病もやっとるやろ。パニック障害とうつ病の精神科医。適任やないか」

うつ病のことを言われ、ちょっとムッとしましたが、〝一日一生、世のため、人のため〟をモットーに生きてきた僕としては、やり甲斐《がい》のある仕事かもしれません。

「まあ、確かに面白そうですけどね……」

「そやろ。オレの友人が東京のがんセンターで働いとって、カウンセリングができる奴《やつ》を捜しとんねん。オレが頼めば、絶対ＯＫやから、お前のこと、向こうに言うとくぞ」

「えっ！　いや、ちょっと待ってください。まだ心の準備が……」

「善は急げや」というと、杉本さんはすぐにヨットを港へ向かわせました。

こうして一カ月後、希望と不安を抱きながら、がんセンターにやって来たのです。

僕が特に嫌だったのは、十八階の患者さんたちでした。そのフロアはすべて個室になっていて、金に糸目はつけないという、リッチな人々が入院している病棟です。

この階の患者の特徴は、ドクターに対してはとても紳士的で温和であり、奥さんも知的な美人が多いことです。女性の患者さんの場合もそうで、決してドクターに対して悪口は言いません。

しかし時折爆発して、ナースや掃除のおばちゃんに悪態をつくのです。そう、弱い人をいじめるのです。こういう人は知識も豊富ですから、口で宥めようとしても、逆に言い負かされてしまいます。

どうして、こんな病院を選んでしまったんだろう。

でも、年収三百三十万円で精神科レジデントとして雇ってもらっているこの病院で勤まらないなら、もうどこに行っても、医師としての未来はないのです。

家に帰ると、食卓でいつも夏子に愚痴を聞いてもらっていました。

「しょうがないわよ。日本人三人に一人が亡くなる死因のトップの病気と皆向き合っているんでしょ。受け入れられるまでには、人それぞれ時間がかかるわよ」

「そうかなあ……」

「純ちゃん、うつ病で引き籠《こ》もりになっちゃった時、どんな気持ちだった？」

またうつ病の話です。

大学入学後、念願の清海と晴海が生まれ、沖縄での夏子と二人の子ども達との生活がスタートし、順風満帆な日々を送っていました。

しかし、四年目を迎えたある日、突如大三さんが沖縄を訪れたのです。非常に嫌な予感がしました。案の定、大三さんは信じられないことを口走ったのです。

「築地に二世帯住宅を建てたから、夏子と子どもたちを引き取りに来た」

その時期、生活の面倒を見てもらっていた僕と夏子は、当然逆らえるはずもありません。その一カ月後、ヨット部のマスコット的存在だった清海と晴海、そして夏子は東京に戻り、僕は医者になるために単身沖縄に残りました。

その時です、あまりの孤独感から、僕はうつ病になってしまったのでした。

夏子にまたうつ病のことを言われ、思い出したくもない単身赴任生活が頭をよぎりました。

「そ、そりゃあ、死ぬほど辛かったよ。こんな風に何年も生きていかなきゃいけないのだったら、いっそのこと死んじゃおうかと思ったよ」

当時、そんな気持ちを救い上げてくれたのは、実はダンサーをしていた浮気相手のリリーちゃんでした。もちろん夏子には内緒です。

「そうでしょう。患者さんたちはみんな人生のエピローグを垣間見《かいまみ》ているのよ。だからね、少しくらいのことは大目に見てあげなさいよ」

夏子は本当にしっかり者です。

僕は、男に騙《だま》されてダンサーになってしまったリリーちゃんと、互いの傷口を舐《な》め合うように付き合っていましたが、今はとても反省してます。

夏子の、いつも明るくて周りの人をホッとさせてくれる魅力に気付いたからです。いっそ彼女ががんセンターのカウンセラーをやった方がいいんじゃないかとさえ思います。

「そういう心の状態になっちゃった人は、理性で感情を抑えられないみたいだし、三歳の子どもに戻っちゃうって、何かの本に書いてあったわ」

「ふーん、三歳の子ども――。そうか、あのハゲオヤジもお高くとまったヒステリーババアもみんな三歳児かぁ。そう言われると何か少しだけ楽になるなあ」

「そうでしょう」

もし夏子が話を聞いてくれなかったら、僕は精神科医の卵にもかかわらず、またうつ病のドロ沼に落ち込んでいったと思います。

「純ちゃん、私は何の役にも立てないけれど、話を聞くことくらいはできるから、遠慮なく何でも言ってね」

キッチンで皿を洗いながら、夏子は言いました。


ここはがんセンター八階にある原田部長の研究室です。

「今日は大事な話があるから一時に部屋へ来い。時間厳守」とのことでした。

しかしもう時計は二時を回っています。退屈しのぎに部屋を見回していると、大きな額に色々な標語が掲げられています。

単なる飾りなのか、自分のモットーなのか、「全《すべ》ては聞くことから始まる」「急ぐべからず」「誠実本位」……と小さな声で読み上げていると、原田部長がやっと入ってきました。

「おー、わりいわりい、遅くなっちまった」と、原田部長がやっと入ってきました。

言葉とは裏腹に、長く待たせて悪いなんて気持ちは、一かけらもないことがわかります。

「十六階の、あの膵《すい》ガンのオバサンなあ、うつがひどくて、しつこく絡《から》まれてよお、夫の愚痴を延々一時間も聞かされたよ。まったく嫌になっちゃうぜ。ずっと殴られ続けてきたとか、いつ帰ってくるかわからない夫の料理を作って待っているのがどれだけ孤独だったかとかさ。参っちゃうよな、そんなの俺の知ったことか。あのオバサン、気合いが足りねえんだよ、気合いが」

原田先生は精神科の権威として有名な方で、様々な著書を出版されています。しかし、どうやら根本のところでは、精神の病気など気合いが足りないせいだと思っているようなのです。

「純一、本題に入るぞ」

急に真面目《まじめ》な顔に変わりました。僕は原田先生は多重人格なのではないかと思っています。

「はい」

「純一、ご苦労だった。もうサンドバッグは終わりだ」

「ヘッ？」

「よくやった」

先生は静かに煙草《たばこ》に火をつけました。ガラムのいい匂《にお》いが部屋中に満ちていきます。

僕はその先生の落ち着き払った表情にちょっと恐《こわ》くなり、

「先生、あの、ということは、もう僕はクビですか？」

先生は目を瞑《つむ》りながら、左手で違う違うと無言で答えました。

「いいか、純一、よく聞け。新しいプロジェクトだ」

「ハッ、ハイ」

「ハゲ鷹《タカ》計画にお前を任命する」

原田部長は僕の肩を強く摑《つか》んで言いました。

「はあ？　ハゲ鷹計画？」

「アホなお前にも分かりやすく話してやろう」

「はいっ」

「お前はアメリカの精神科医、エリザベス・キューブラー・ロス博士を知っているか？」

「あっ、知っています。仙台にいた時に、人から聞いたことがあります」

「そうか、ロス博士はな、『死ぬ瞬間』という本を書いた有名な方だ。一九六〇年代に、末期の病の人々のところを回って、残り少ない命を前にして、人はいったい何を思うのか、二百人もの人々にインタビューしまくった立派な人なんだよ。今でこそクオリティ・オブ・ライフなんて叫ばれるようになったけど、あの当時は死は忌《い》まわしいものでしかなかったんだ。だからロス先生は同僚達に、死人に群がるハゲ鷹とあだ名をつけられ、相当嫌われたそうだ」

「はあ。それで……」

「しかしなあ、ロス先生はそれでも地道な聞き取り調査を何年も続けて、『死ぬ瞬間』として体系化したんだ。結局今ではロス博士の栄誉を讃《たた》える人々が後を絶たない。まったく凄《すご》い女医さんだよ」

「ええ。で、ハゲ鷹計画っていうのは……」

「お前はやっぱり勘が悪いなあ。オレはな、日本のキューブラーになるのが医者になった時からの夢だったんだ。しかしな、一つ問題がある。キューブラー・ロス先生の研究は確かに多民族国家では納得できる。特に欧米の連中のコミュニケーションはすべてバーバルだからな。しかし、この凄い研究も日本では通用しない」

「えっ、なぜですか？」

「日本語のコミュニケーション・スキルというのは、日本製品と一緒で、世界の中でもずば抜けて精巧すぎるんだよ。お前も日本人だからわかるだろ、ワビ、サビが。患者は〝ありがとうございました〟とか言いながら、カーテンを閉めると心の中では〝このクソ野郎〟なんて呟《つぶや》いていたりする。日本語には〝本音とタテマエ〟という厄介なものが存在する。日本では相手の腹の底を聞き出すのは、本当に困難なんだ。俺は長いことアメリカに留学して外から日本を見ていたから、わかるんだよ」

「ふーん、そうですかぁ」

「この狭い国土の中で、畑作しながら皆で力を合わせて生きてこなければいけなかった日本では、自己主張なんてしてしまったら大変よ。それこそまとまりがつかなくなっちまう。だから、己を殺してお上の命に従う。今の日本社会だってそうだろ。この病院だってよ、院長が一番でヒエラルキーが出来上がっていて、お前だって押さえ込まれているだろ」

そうです。僕はいつも原田部長の言いなりです。

「話は変わるがな、俺がロスの病院に行った時、現地の日本人駐在員がな、体調を崩して病院の外来に来るんだよ。アメリカ人のドクターは〝How are you today?〟って病状を尋ねる、するとな、決まって返ってくる答えは、“I'm fine, thank you.”お前な、病院に診察に来てんだぞ、どっか悪くて来てんだぞ、“I am fine.”はねえだろよ。でもそれが日本人というものだ」

「ハゲ鷹計画とどう関係があるんですか?」

「だからだ。耳の穴かっぽじってよく聞け。お前、国が今度〝第三次ガン撲滅計画〟を発表したのを知ってるだろ」

「ええ、知ってます。何でも十年計画だとか。凄いお金を投入するらしいですね」

先生はにやりと不気味な微笑《ほほえ》みを浮かべました。

「ついに、俺の夢を実現する時がやってきたんだ。日本のキューブラー・ロス、いや、キューブラー原田だ。予算はばっちり取れた。あとは行動あるのみだ。本音と建て前を上手に使い分ける嘘《うそ》つき患者どもの口を開かせなきゃいかん。その任務をお前に命ずる。純一、お前は新人で、ナースも他の医者も何にも期待していない。だからお前は好き勝手やっていい。とにかく、患者に聞いて聞いて聞きまくるんだ」

先生は目を吊《つ》り上げ頬を赤らめ、「俺はキューブラー原田だ。印税ガポガポだぁ」とぐるぐると研究室の中を動き回っています。

僕も〝怒りのサンドバッグ〟から解き放たれるとあって、「ハゲ鷹、ハゲ鷹」とガッツポーズをしながら、先生と一緒に希望に燃えて部屋をぐるぐると回りました。

このハゲ鷹計画が、「手紙屋Ｈｅａｖｅｎ」へ発展していくとは、このときは知る由《よし》もありませんでした。

翌日から、早速ハゲ鷹計画は始まりました。

刑事になったつもりで、聴き取り調査を行うのです。「太陽にほえろ！」のヤマさんか刑事コロンボの気分で、十二階の小児病棟から始めていきました。

ここにはあまり来ることはなかったので、驚いてしまいました。僕の子どもたちと同じくらいの年の子ども達がたくさんいるのです。皆、ほとんど髪も眉毛《まゆげ》も抜け落ちて、ぐったりとベッドに横になり点滴につながれている子もいます。

ショックでした。学生時代は小児科にも回ったことがあるので、子どもの病についても十分知っていたつもりでした。自分の子どもが熱を出したりして、夜中に救急病院に連れて行ったりはもう慣れっこになっていました。

けれども、ガンという難病に侵されている子ども達を、一度にたくさん見たのは、これが初めてのことでした。

病室を回っていくと、まだ一歳にもならないような赤ちゃんの小さい小さいクリームパンのような手に、点滴針が痛そうに刺さっています。その横で若いお母さんが心配そうに見守っているのです。僕は声をかけることができませんでした。

とりあえずA病棟を全部ぐるっと回ってみたのですが、どうしても話しかけることができません。左手で口元を押さえながら、神妙な顔つきで気持ち悪そうにしていると、主任ナースがやって来て、「先生、どうされましたか」と心配そうに訊《き》いてきました。いや、これがあれでして、などと事情を何とか説明すると、ナースは胡散《うさん》臭げに、「大きな病を突然患《わずら》った子ども達に、大人にわかるように説明なんてできないでしょうから、上の階に行ってください」と、冷たく言い捨てられました。「まったく無神経な！」という捨て台詞《ぜりふ》を背に受けた僕は、その場から立ち去るしかありませんでした。

十三階は短期入院病棟です。それゆえ日本全国のみならず、香港《ホンコン》、中国、グアム、オーストラリアといった海外から、検査を受けに来る人もいるのです。

この階は検査入院を主な目的としているので、平均入院日数は一週間ぐらい。検査の混み具合でまれに二週間になる人もいますが、そういう人は大抵十四階より上の専門病棟に引っ越しすることになります。ここは入れ替えが早いのです。

深刻さがまだ薄い、十三階のA病棟から聴き取りを開始しました。と言ってもマニュアルも何もありません。ピクニックスの時でしたら、営業スマイルで「いらっしゃいませぇ」なのですが。

「こんにちはぁ。精神科の野々上でーす。お変わりありませんかぁ？」の言葉とともに、思い切ってカーテンを一枚一枚開けていきました。

ベッドから身体《からだ》を起こして、「あっ、先生どうも。まあなんとかやってます」「これも神のみぞ知るですからね」「ちょっと腰が痛みますけど……。まあ今回の検査ではっきりしますから」などと感じよく返事してくれる患者さんもいれば、イヤホンをつけ横になってTVに見入って、僕の声など全く聞こえていない患者さん、あるいは「精神科が何しに来たんだ。ワシャ、そんな弱っちい男じゃねえ！」と怒鳴ってくる患者さんもいます。

もっと厄介なのは、女性の患者さん。四十過ぎ、五十過ぎのオバちゃんたちです。初めは僕をドクターとしてある程度丁重に対応してくれますが、慣れてくると手がつけられないのです。僕が若いのをいいことに、いろいろ無理難題を言ってくるわけです。

「外科の山崎先生だけど、あの人、ほんとに腕確かなの？」「あの婦長、偉そうにしていて気に食わないから、何とかしてくれない？」「ちょっと、ナースステーション行ってお茶汲《く》んできて」と、ありとあらゆることを投げかけてくるのです。とても聴き取り調査どころではありませんでした。

三日もすると、この〝ハゲ鷹計画〟がいかに高いハードルであるか、つくづく実感しました。アンケート用紙なども配りましたが、回収率が悪く「もっと免疫《めんえき》力の上がる気の利《き》いた飯にしろ」とか「同室の他の患者の所に来る見舞い客がうるさい」とか間の抜けたことばかりで、とてもキューブラー・ロス博士のようにはいきません。

原田先生に「こりゃ駄目です」と率直に伝えました。原田先生も名誉と印税がかかっていますから、真剣な顔で腕組みをしています。そして考え抜いた挙げ句、

「よし、純一。明日からお前、白衣代わりに浴衣《ゆかた》着て患者になりきれ。俺はお前のそのドクター然とした白衣がいかんのじゃないかと思う。患者はドクターにはなかなか本当の所を話さないからな」

納得できるような、できないような……。これでも僕は医者です。何で浴衣を着なくてはいけないのでしょうか。

「純一、アメリカのＦＢＩとかＣＩＡの潜入捜査官がいるだろ。何て言うんだっけ、あれ？」

「アンダーカバー、でしたっけ」

「そうそう、そのアンダーグラウンドよ。明日からそれやれ、な。作戦名は『アンダーグラウンド計画』。空いているベッド探しておくからな」

〝アンダーグラウンド〟ではなく、〝アンダーカバー〟なのですが、相変わらず人の言うことなど聞いていません。僕は初め何でドクターである僕が浴衣を着ないといけないのか、少々納得いきませんでしたが、原田先生よりは患者さんの正直な気持ちを引き出せそうです。

「あ、純一。お前浴衣持ってないだろ？」

「はい」

「下のコンビニ行って買って来い。それとこの計画にはどうしてもナース達の協力が欠かせない。ナースに気に入られなかったら絶対に駄目だ。三越でも行って、女の子が好きそうなスイーツも買って来い」

「はいっ、わかりました。で、予算はどれくらい？」

「俺も日本のキューブラー・ロスになるんだもんな。しょうがねえ。これだけ出そう」と、財布から一万円札を取り出し、すっと僕に渡しました。なかなか恰好《かっこう》いいところがあるなあと感心しました。

「でも、プチケーキって感じの甘さ抑え目のやつにしろよ。大抵のナースは時間が不規則で働いているから、太るの気にしてるからな」

「はいっ」と研究室を出ようとすると、後ろから一言聞こえました。

「純一、領収証忘れんなよ。あと、お前の分は買うな」


僕は翌日一階のコンビニでLLサイズの浴衣を買い、銀座のデパ地下でプチスイーツをたっぷり買って病棟に向かいました。

原田先生の言うように、ナースステーションの婦長の所に持って行くと、みんな大喜びで、一発で懐柔に成功です。

原田先生は僕のために窓側の四人床を用意し、僕は右腕に点滴のチューブも張られました。ちょっと髪に寝癖をつけ、浴衣姿にスリッパという出で立ちで、点滴キャスターを引きずると、身なりも気分もすっかりガン患者でした。

大きな窓から、レインボーブリッジや隅田川を流れる風の通り道が遠くに見えます。本当の患者さんは人生のエピローグを垣間見《かいまみ》て、いったい何を思うのでしょうか。

アンダーグラウンド計画は、なかなかうまくいきました。

発見した事は、
ドクターの回診が終わった直後、カーテンの中で本音を呟いたり、付き添いの妻に愚痴をこぼしている。

ナースには割と心を開いて何でも話す。でも、時には下僕に対するようにナースに当たり散らし、使い回す人もいる。

ナースの中でもヒエラルキーの高い婦長や主任レベルのナースには、決して高慢な態度はとらない。

などなど、この作戦で得たものはかなりありましたが、カーテンで仕切られたこの世界に長いこといると、本当に病気になってしまうのではと思うほど、辛《つら》いことが骨身に沁《し》みました。

終日ベッドに横たわりTVを垂れ流していると、腰が痛くなります。おまけに空気もモワンとして息苦しく、動きもしないのに、八時、十二時、六時ときちんと食事が運ばれて来ます。これを暗いカーテンの中のベッドの上で、もそもそと口に入れるのです。夕飯の時など、一人きりで食事をしていると、本当に空《むな》しくなってきてしまいます。家族との明るい食卓が心から恋しくなりました。

夜は夜でまた大変です。

ここに入って来る多くの男性患者はまず「眠り薬をくれ」と言うようです。皆不安と心配で思うように眠れないのでしょう。九時消灯ですから、部屋は静まりかえります。付き添いの奥様達も帰って行きます。するとカーテンの向こうから、ひそひそと声が聞こえるのです。

会社の経営者と思われる年輩の男性が、愛人と思《おぼ》しき女性と話し込んでいたり、隣のテクノ青年は、何時になってもパソコンのキーボードをパタパタパタパタと叩《たた》き続けています。

またある時には、昼間は気さくでいい感じのおじさんなのに、夜になるとウシガエルに豹変《ひょうへん》する患者さんもいました。四人床の静かな音のない部屋に、ウシガエルの雄たけびが一晩中響き渡ります。それは三夜続き、僕はまったく眠れませんでした。

それでも朝六時の回診の時、

「竹田さーん、よく眠れましたぁ？」なんて訊かれて、

「いやあ、眠剤飲んでんだけど、やっぱり枕《まくら》が変わるとよく眠れんなあ」などと答えているのです。どういう神経をしているのでしょうか。

それからは原田先生の指示で、あっちの大部屋、こっちの大部屋とベッドが空き次

第引っ越し、ボイスレコーダーを駆使して至るところで録音しまくりました。

しかし、このアンダーグラウンド計画は、すぐに行き詰まりにぶつかりました。

一つには、僕が毎晩のように病院で寝泊まりしなくてはならず、家にほとんど帰れなくなってしまったことです。夏子は僕の仕事をよく理解してくれていましたが、子ども達は「何でパパは帰ってこないの？」と、毎晩のように言っていたそうです。また、患者の振りをして病院のベッドで横になるのは、精神的に耐えられるものではありません。そんな精神状態でボイスレコーダーをまわしても、まともな原稿など書けるはずもありませんでした。

原田先生も僕の作った原稿の上がりを見て、今いち不満そうです。先生も段々〝日本のキューブラー・ロス〟の夢が遠ざかっていく気がしたようで、苛々《いらいら》としています。

「何かないのか、純一。いい方法が？」

「僕も、ロス先生の著書を、ベッドで退屈してましたんですべて読みましたけど、〝聴き取り調査のコツ〟のような記述がすっぽり抜けてて、見つからないんですよ」

「やっぱり本音と建前の嘘《うそ》つき国家、日本じゃキューブラー原田は所詮《しょせん》無理だったのかなあ……」

原田先生は残念そうにつぶやきました。

禁漁の季節に入って暇になったと、突然、スペイン領カナリア諸島から、源三じいさんがイベリア航空のビジネスクラスに乗ってやってきました。

源三じいさんは、カナリア諸島でマグロの仲買会社を営んでいる夏子のおじいさん、つまり大三さんのお父さんです。

カナリア諸島は地中海、大西洋は南アフリカ沖から、北はノルウェー辺りまでの海域で操業している船がすべて入港して来る自由貿易港です。漁業関係の日系企業も多く進出しています。百世帯くらいの日本人家族が住んでいて、源三じいさんは移住組の第一期であり、マグロの空輸に成功した第一人者であります。またタコ、イカの加工工場を、ここととモロッコ、モーリタニアの三箇所に所有し、日本の八〇パーセントのタコ、イカはこの地域のものだそうです。

その源三じいさんは、孫の夏子をことさら可愛《かわい》がっていましたので、夏子の夫である僕に対しても非常に親切でした。医学部入学のお祝いにと、入学金と六年間の授業料まで出してくれたくらいです。とても、大三さんの父親とは思えません。

そんな源三じいさんが、はるばる日本に一時帰国したのです。成田空港に迎えに行くと、大三さんに似た、額が脂でテカテカ光ったおじいさんがゲートから出てきました。白いステテコ、茶色のハラ巻き、前開きの肌着に紺の長靴、首には日本手拭《てぬぐ》いを巻いています。源三じいさんの格好はあまりにも成田空港に不釣合いでしたが、「これが一番！　ロングフライトでもリラックスできる！」とのことでした。

「よお、純一、夏子。コモエスタス！　オオー、キヨー！　ハルー！　大きくなってえ、こんにゃろう」と満面の笑顔で跪《ひざまず》いて、清海、晴海に頰ずりしています。

七歳になった清海と晴海も、この源ジイが大好きです。陽気でうるさいことは言わないし、船乗りだっただけのことはあり、世界中の面白いお話をしてくれるからです。

源三じいさんのすぐ隣には、上から下までヴィトンで固めた長身でちょっと太めのバディを持つパトリシアが、豊満な胸の谷間をアピールするように歩いて来ました。

彼女は「ジュンイチー」と言って両手を大きく広げ、西洋式のハグとキスをしてきます。山梨の田舎で生まれ育った僕は、どうもこの西洋式のハグとキスの挨拶《あいさつ》には困ってしまいます。夏子の視線も気になります。

そんな僕の心はおかまいなしに、夏子はパトリシアとハグ&キス、源三じいさんともハグしています。夏子は幼稚園からずっとミッション系の学校に通っていたので、外国人の子どもとの付き合いも多く、外国の習慣や言葉にあまり違和感がないようです。

「ドクター純一、仕事はどうだ？　うまくいっているか？」と、宿泊先のホテルへ向から車の中で、源三じいさんは突然核心を衝《つ》いてきました。

僕はアンダーグラウンド計画の長期化で家族と過ごす時間も少なく、少々仕事に嫌気がさしていました。日々やりたくない事をやらされているのでストレスが溜《た》まり、またうつ病が始まりそうでした。

「そうですねえ……」と言葉を濁すと、

「お、どうやら何かあるようだな。まあ最初のうちは誰でもそんなもんよ。明日どっかでメシでも一緒に食うか」と元気よく言って、六本木のグランドハイアット東京の豪華なエントランスに、長身のパトリシアと共に消えていきました。

パトリシアが途中で振り向き、僕等に向かってウインクと投げキッスをして「チャオ！」と言うと、夏子、清海、晴海もつられて、投げキッスに「チャオ」と答えていました。

帰りの車の中では清海と晴海がウインクと投げキッス「チャオ」で盛り上がってしまい、大変でした。夏子も一緒になって「チャオ！　コモエスタ　セニョリータ」なんてやってます。清海も「アスタ　ルエゴ（じゃあねー）」なんて答えて、母子のスペイン語会話教室に早変わりです。スペイン語の発音は巻き舌のRを除いたら、日本語に割と近いそうで、なぜか親しみ深く感じました。

ここはがんセンターから歩いて三分、新橋演舞場の斜め前にある、とてもシャレた鉄板焼き兼フレンチの店です。

店の入り口には、淡い曇りガラスが一面に広がり、フランスの三つ星レストランから贈られた、人の背丈ほどもある大きなスプーンとフォークが両端にオブジェとして立っています。看板すらなく、一見するとシャレた高級ブティックのようです。曇りガラスの上の方にさりげなく店名がアルファベットの飾り文字で書かれています。

中に入ると、棚にはヨーロッパの伝統的な調度品が飾られ、天井は加賀前田藩の屋敷から移築された太い柱で支えられて、和洋が見事にマッチしています。まるで明治の頃に華族が利用したようなゆったりとしたレストランです。

ほとんどが個室で、調理するシェフを囲みながら、静かに料理と時間を楽しめます。銀座では考えられないほど贅沢《ぜいたく》なスペースの使い方なのに、値段はリーズナブル。ワインを飲みながら、源三じいさんと夏子、パトリシアの四人でランチをとりました。

源三じいさんは大三さんと同じ風貌《ふうぼう》をしていますが、よく気が利《き》く優しいところがあり、今日のランチには、僕のことを考えて大三さんは誘わなかったようでした。

パトリシアは今朝ポータブルＤＶＤプレイヤーを買ってもらったようで、あれこれ説明書を読んでは、わからないと夏子に助けを求めています。

前菜の蛸《たこ》のマリナーラとガスパチョが出てくると、源三じいさんは僕の仕事のことを訊《き》いてきました。源三じいさんには、不思議と人の口を開かせてしまう鷹揚《おうよう》な所があります。懐《ふところ》がとっても深いのです。僕は今まで胸に溜まりにたまっていた憤懣《ふんまん》を、すべて源三じいさんにぶちまけました。

はじめは患者のサンドバッグだったこと、第三次ガン撲滅計画のこと、原田部長のキューブラー原田の夢、ハゲ鷹《タカ》計画、アンダーグラウンド計画、家族になかなか会えないこと……。

源三じいさんは興味深く楽しそうに話を聞いてくれて、時々「ほぉ」とか「そうか」とか合いの手を入れてくれます。ひとしきり僕の話を聞いたあと、「なあ、純一、明日俺に院内を案内してくれるか？」と訊きました。

翌朝七時、源三じいさんはパトリシアと一緒にタクシーでがんセンターの正面玄関に降り立ちました。二人ともパジャマ姿です。

源三じいさんは〝典型的な病気のおじいさん〟でしたが、白いシルクのガウン姿のパトリシアは、どうも病人には見えません。おまけにシルクから赤いブラとパンティが透けて見えているのです。

僕は使っていない自分の白衣をパトリシアに着せて、院内をくまなく見せて回りました。

源三じいさんはふんふんふんと、興味深そうにナースステーションや面談室を見て回り、時には病室でポツンとしている老人に声をかけたり、大名行列のような回診のドクター達について行ったり、時々立ち止まっては何かメモを取ったりしています。

さすがの源三じいさんも、十二階の小児病棟に入った時には目に涙を溜めていました。

最後に十九階に行きました。源三じいさんはこのフロアにあるレストランを指さし、

「ちょっとそこでお茶でも飲んでいて」とどこかに消えていきました。

一時間後、髪を整え髭《ひげ》を剃《そ》り頬をほんのり赤く染めた源三じいさんは、このレストラン〝小谷路〟に戻って来ました。満足気な顔をしています。

「今そこで散髪して、展望風呂《ぶろ》入ってきた。汐留《しおどめ》やレインボーブリッジが綺麗《きれい》だったなぁ。この病院もなかなか悪くねえな」

そういえば十九階には、男女日替りの患者さん専用の展望風呂と、アデランスを取り置きしている美容院と理容室がありました。

さあ、ランチでもしよう、とこの階の反対に位置する〝クイックマイスター〟に行

きました。ここは小谷路に比べてリーズナブルで、メニューが豊富な上に、だし巻き卵やナムル、豚角煮、ミニサラダなどの単品も充実、お弁当もたくさんあり、一品からどの病室にも宅配サービスしてくれる気の利《き》いたカジュアルな店です。ナースやドクターもよく利用していて、昼時はごった返しています。

　源三じいさんはオープンエアの席を指さし、誰もいないテーブルに座り、ビビンバを三つ頼みました。そして、その横の広いスペースをジロジロと眺めて、「長さ六十フィート、横幅二十五から三十五フィート、エントランスは湾曲して、まあ三十フィートの十五フィートかあ」などともぞもぞ目算しているのです。

　ビビンバが運ばれて来た時に、源三じいさんは漸《よう》く僕に声をかけました。

「純一、結論から言う。お前のやってきたアンダーグラウンド計画、確かにいいとは思う。けれどやはりアンダーはアンダーだ。日の目を見るには時間がかかるだろう」

　確かにそうです。地道過ぎます。

「そこでだ、俺が考えたのは、手紙屋だ」

　あまりの突飛なアイデアに、何を言っているのか、訳がわかりません。

「な、な、何ですか？　その手紙屋って？」

「ん、手紙代筆業だ。患者さんの心の想《おも》いをカウンセリングしながら、ひとつの手紙にまとめてあげるんだよ」

「はぁー」

役場の公証人のようなものでしょうか。その意図がさっぱり読めません。

「まあいいからよく聞け。俺がグルッと半日見渡しただけでも、心の奥底に何か叫びのようなものを持っている人をたくさん見かけた。誰も言葉には出さないがな。だけど、ここにはそんな心の叫びを、同じ土台に立って聞いてくれる人や場所はなかった。あるとすれば、各階にある面談用の個室と展望風呂、散髪屋くらいだ。ここに十五年勤めてる散髪屋の花子さんに訊いたら、お客さんは結構自分のことを話していってくれるって言っていたぞ。おまけに病院内部のこともよーく把握していた。お前の担当教授の原田先生はあんまりナースさん達に人気がないようだな」

確かに原田先生は、ナースに対して横柄《おうへい》です。

「へー、そうですか」

「お前はなぜ、花子さんがあんなによく皆の事を知っていると思う？　彼女の性格もあるけど、それはちょっと離れた所にいるからだよ。害がないんだよ。それに彼女は余計なおしゃべりしないしな」

今一つ、源三じいさんの言いたいことがわかりません。

「人は渦巻きの中に入っちゃったら、見えないものがたくさんある。海外に一度出た人が、日本の奇異な部分がはっきりわかるようにな。だから少し離れて、冷静に客観視する必要がある」

うーん、段々読めてきました。確かに、自分の周りの小さい範囲のことしかわかっていません。

「それはそうと純一、ここのスペース何にも使ってないようだけど、使わしてもらえんのか?」

源三じいさんは、小谷路とクイックマイスターに挟まれたオープンエアのスペースを指差しました。

「さあ、僕が来た時からこの吹きさらしのままですから、どうなんでしょう」

「そうか、それならあいつに訊けばいいか」

とフムフムと何やら考えているようでした。

「純一、俺は決めた。これから具体案に入るぞ、よく聞け」

「ハッ、ハイ」

「まずはな、この広いスペースに三十フィート前後のヨットをぶち込む」

「えっ、ヨット!」

「そうだ、ヨットだ」

「三十フィート以上のヨットなんて、ここに入りませんよ。おまけにここは地上十九階です。どうやって持ってくるんですか？」

「まあまあ、その辺は俺に任せろ。そのヨットの中のキャビンが、お前の店〝手紙屋〟になる。スターンは切り取って、観音開きのドアにする。バリアフリー、車椅子《いす》でもストレッチャーでも入って来れるようにな。幸い、ここは横幅も十分ある。そして、キャビンの前部ベッドの下をスライディングドアにして、外に外洋クルーズ船のチークのデッキ、フットレスト付きのリクライニングシート、その横、南西側の少し余った部分に人一人がゆったり入れる檜《ひのき》風呂、まあクルーズ船のロイヤルの下のベランダスイートだな。ここから隅田川や東京の夜景を眺めるんだよ。そしてエントランスからの長い廊下な。あそこは植物園のようにたくさんの木や花を植える。あそこは厚いガラスに覆《おお》われているから、温室効果になって草花もよく育つだろう」

いつのまにそんな大計画を構想したのでしょうか。

「ざっとこんな感じだ。人の心の叫びを捉《とら》えようと思ったら、〝タイミング〟と〝場所〟と〝寛《くつろ》いだ雰囲気〟、そして〝自我を感じさせない聞き役〟、その四つの柱が大切だぞ。いいか、純一、これでいけ。もろもろの事は心配するな。俺が日本にいるうちに何とかしてやる」

自信満々、満足気な源三じいさんは、ビビンバをムシャムシャと頬張っていました。その顔は海に遊びに行こうとする夏休みの子どものようでした。

その日の夕方、原田先生と打ち合わせをしていると、中原総長がいきなり僕を訪ねて来ました。僕は初めてお目にかかる雲の上の存在です。

「いやあ、君もいいアイデアを考えたなあ。さすがは将来を期待される原田研究室のレジデントだ。まあ原田君と相談して、何でも好きにやりたまえ。Ｓｕｃｃｅｅｄの意味は〝成功〟だけではない。〝継承〟という意味もある。知っているか？　学問には流行を追うことも大切だが、同時に学問を遠景的に見ることも必要だ。君のアイデアはそれにぴったりだ。源さんからすべて聞いた。あの十九階のデッドスペースも心おきなく使っていいし、原田君の思ったように好き放題やりなさい。ワッハッハッハ」と、突然現れた中原総長は、嬉《うれ》しそうな笑顔をふりまいて、あっという間に帰って行きました。

原田先生も呆気《あっけ》にとられています。

「純一、お前何やらかしたんだ？」

少しびびり気味に訊いてきます。

僕は原田先生に源三じいさんのアイデアをどう説明していいものか、とっても困りました。原田先生は大変プライドが高いので、他人の意見をなかなか聞かないのです。

その時、「ごめんくださいね」と源三じいさんとパトリシアが入って来ました。

原田先生は、パトリシアのシルクのナイトガウンと透けた赤い下着に目が釘付《くぎづ》けになっています。源三じいさんは丁重に、

「いつも純一がお世話になっております。先生のご活躍は私の住む、日本のちょうど裏側のカナリア諸島まで伝わってきております」

パトリシアも原田先生にハグして、いつものように両頰に濃厚なキスをしています。赤いキスマークのついた原田先生は、突然の出来事に混乱して声も出ません。源三じいさんは、

「これはほんのお近づきのしるしですが、地中海でとれた珍味です」と折り包みを渡しています。その上には、銀座三越の分厚い商品券が載っています。

呆然《ぼうぜん》と折り包みを受け取った原田先生に源三じいさんは、

「これからも純一に是非目をかけてやってください」と深々と頭を下げています。パトリシアも頭を下げると、原田先生はその見事な胸の谷間にうっとりしています。

「それで先生、あちらのプロジェクトの方も是非お願いします」

「ハッ、ハイ？　プロジェクト？」

「そうですよ。純一が考えた〝キューブラー原田〟を実現するための手紙屋プロジェクトですよ」

「ヘッ、テガミヤ？」

「中原総長からお聞きになってないですか」

原田先生は一瞬訝《いぶか》しげな表情をしましたが、隣に立っているパトリシアが気になって仕方がありません。

「ああ、ああ、あれね……」と言って、口と視線と脳みそがバラバラに機能しているようでした。

止《とど》めとばかりに、パトリシアが前かがみに胸元をはだけながら、ウインクして原田先生を見ています。先生はハッとしたように弾《はじ》かれ、

「そ、そうですね。手紙屋、大変結構です。是非皆で力を合わせてやりましょう！総長もああ言っておられますので」

こうして恐れていた上司の問題はクリアになってしまいました。

それからの源三じいさんの仕事は、早いものでした。

まず、グランカナリアの隣の島、フェルテベンチュラに電話して、パコとサントスという造船所に勤めるスペイン人に、すぐにイベリア航空に乗って日本に来い、と伝えました。

次に電話したのはハワイ、マウイ島でフラワーガーデンを経営する竹田夫妻という、昔から源三じいさんが親しくしている方でした。電話に出た奥さんは、久しぶりの源三じいさんの声に喜び、「おもしろそうね。主人と相談してすぐ行くわ」と言ってくれたそうでした。

その次は、葉山の二郎さんという人でした。この人は日本のクルーザーレーサー憧《あこが》れのヨットデザイナーであり、数々のレース艇を手掛け、その世界では有名な人でした。

何でも二郎さんのお父さんが江田島の海軍兵学校にいた時に、お国のためにすべてを賭《か》けようと士官を志願した源三じいさんは相当お世話になったそうです。

源三じいさんは簡単に事情を説明し、

「キャビンだけ、美しいのがあればいいのじゃが、何かないかのお？」と訊《き》きました。

すると二郎さんは暫《しばら》く考えてから、

「あー、ちょうど一艇、YAMAHA30Sがキールが折れて、二束三文でいいから買ってくださいって人が葉山マリーナにいますよ。船名は〝Heaven〟というんだそうです。チークの内装も凝っているし、見るだけ見てみますか？」

「YAMAHA30Sか、いいじゃないか。早速見に行くよ。〝Heaven〟なんて名前もいいね」

　話はとんとんと決まっていきました。

　翌日、僕と源三じいさんは清海と晴海、夏子を連れて葉山マリーナに行きました。そこには、確かに黄色いYAMAHA30Sが見事にキールが折れて、ラックに乗っかっていました。二郎さんが嬉しそうな顔をして、クラブハウスからテクテク歩いて来ました。

「二郎ちゃんも大きくなったねえ。晃一さんの造船所で小僧をやっていた時はまだこんなだったのに」

「源さん、僕ももう来年還暦ですよ。大きくもなりますよ。ハッハッハッ」と屈託なく笑っています。

　海の男同士というのは風につながれていて、久しぶりに会ってもまったくその距離感を感じさせない親愛さがあります。

「ねえ、源さん。このYAMAHA30S、なかなかいいでしょう？」

「そうだねえ、YAMAHA製ってこともあって、キャビンにチークがふんだんに使ってあって。おまけに普通の艇より中がゆったりしているのが申し分ないね。それでオーナーはどんな人なの？」

「うーん、こいつがまた変わったやつでね。もともとはフランスで山のガイドしていた、日本大空手部出身の男なんだけどね。何でも世界地図に唯一《ゆいいつ》載っていない〝幻の川〟っていうのがニューギニアにあるらしいんだよ。そこは二十五年位前までは人食い人種のいたような未開の地で、住民は裸に腰巻、女性はオッパイプルプルで暮らしているっていうんですよ」

「へー、そんな未開の地がニューギニアにあるんだ」

「絶滅種といわれているタスマニアンタイガーを発見すべく、このYAMAHA30Sに乗って、その辺りを探検に行ったはいいけど、そいつはヨットなんて一年前までやったこともなかったんだよ。それがいきなり外洋ですよ。小笠原からグアム、ニューギニアとたくさんの食料やゴムボート積んで単独で行っちゃうんだから、僕等ヨットマンからしたら自殺ものですよ」

「ほう、今の日本にそんな気骨のあるやつがいたとはなあ」

「あいつの偉いのは、もともと山岳ガイドで一文無しでしたから、マグロ漁船に三年乗って資金を貯《た》めたんですよ。〝冒険にスポンサーは禁物〟が持論らしい。スポンサーが付けば必ず成功するような安全な冒険になってしまう、〝冒険とはベンチュア(危険な試み)でなければならない〟んだそうです」

「ほうっ。それで彼はどこにいるの？」

「あっ、もう来ます。今職がなくて三浦でダイコン抜きのバイトしてますから、あと一時間くらいで着きますよ」

何でもその人は皆から〝隊長〟と言われている中年で、その一年を費やした〝タスマニアンタイガーと地図にない川発見〟は失敗に終わったそうでした。

失意の底で漸《ようや》く相模《さがみ》湾に辿《たど》り着いた時に、長者ヶ崎沖でメインマストが折れ、エンジンは水で薄めたニューギニアのガソリンで使い物にならず、その日はあいにく春一番が吹いていて森戸沖の鮫島にクラッシュしてキールもボッキリ、万事休すとなってしまったそうでした。

一時間後に現れた〝隊長〟は日に焼けて真っ黒で、五十に近いとは思えぬほど贅肉《ぜいにく》がなく、髪の毛は潮焼けしてボサボサ、短パンに薄くて安そうな〝NAMASTE〟と白字で大きく書かれた黒いTシャツを着ていました。

手は土で汚れていて、目はどっかに行っちゃっているような、とぼけた顔をしていました。

源三じいさんに紹介されると、同じ船乗り同士、すぐに仲良くなりました。隊長は、「いくらでもいいですので、引き取ってください」と控え目に頭を下げています。

何でもまたお金を貯めてニューギニアに行きたいと。

ニューギニアで、日本人戦死者の髑髏《どくろ》を美しい白砂のビーチやジャングルでたくさん見つけたそうです。その数は数千、もしかしたら一万以上。そのほとんどすべてが、一部の無謀な日本軍の上官の命令が招いた餓死によるものだったそうで、そこに鎮魂のための記念碑を建てたいというのです。

源三じいさんは江田島で、日本のため天皇陛下のために死のうと思っていた人です。それが二発の原爆で、現人神《あらひとがみ》がいきなり一般市民になってしまい、源三じいさんもその事実に堪《こら》えきれず、日本から離れられる船乗りになったのでした。なので、隊長の話には深く感動したようでした。

「それでいくらで売るの？」と二郎さんが再び隊長に尋ねました。

マストとキールの折れた舟など、解体費用がかかるくらいで、価値はありません。隊長はおどおどとしばらく考え込んで、

「二十万、いや、十万でも結構です」とぼそぼそと小さな声で言いました。

源三じいさんはおもむろに、

「ペセタでもいいか？」と尋ねると二十万円分のペセタを渡しました。

その後これはチップだと言って、百八十万円分の分厚いペセタを隊長に握らせました。源三じいさんは恰好《かっこう》いいです。スイーツを渋る原田先生とは大違いです。

隊長は初めは頑《かたく》なに辞退していましたが、

「なぁーに、ヨーロッパじゃチップは当たり前じゃ、取っとけ」の一言で、やっと受け取ってくれました。そして僕達の手紙屋プロジェクトを手伝わせてほしいと申し入れたのです。


翌日からすぐに解体作業が始まりました。

十九階のスペースに運び込むには、各パーツをばらさないといけません。スペインからパコとサントスも加わり、作業は急ピッチで進みました。

二郎さんはキャビンの中の空間を居心地のよいものに工夫するため、源三じいさんと話を詰めているようでした。

その一週間後、築地市場の休みの早朝三時に、チークなどの船体のパーツが十九階へと運び込まれました。葉山からは一郎さんがトラックを三台用意してくれました。

ここからはあっという間でした。

パコとサントス、隊長が、プラモデルのようにYAMAHA30Sを組み立て、マウイから来日した竹田夫妻は、日本の色々な造園屋から素敵なヤシの木、草花を集めました。おかげで、エントランスまでの長い通路は、今やマウイの高級ホテルや植物園に来たかのようです。

僕の一番のお気に入りは、入って突き当たり、直径一メートルはあるかという大きな植木鉢に入った薄緑色の旅人の木です。バショウ科のこの木は葉が扇形に広がって、とても優雅なイメージが湧《わ》いてくるのです。

ガーデンの方は一通り終わり、竹田夫妻は名残惜しそうにマウイへと帰って行きました。

源三じいさんはこの頃十九階には現れず、僕の白衣を着てぐるぐると院内を歩き回っているようでした。何でも「このプロジェクトには原田先生曰《いわ》く五百万くらいは使えるそうだから、お前の手助けをしてくれる女性を見つけてくる」とのことでした。

夏の終わり、午後に南風が太平洋から吹き上げてくる頃に、そのプロジェクトは完成しました。

源三じいさんのアイデアで、船体の横一面に、海の中のサンゴの絵を、小児病棟の子ども達に油性絵の具で描いてもらいました。上部は薄いエメラルドブルー、ボトムに行くに従いそのブルーが深みを増しています。白い光のカーテンが描かれて、太陽の日差しが海面にキラキラと輝いています。

車椅子《いす》に乗った子、ストレッチャーの子、頭はツルッぱげだけど元気な子、皆、筆とパレットを持って楽しそうに描いていきます。黒一色でお父さんとお母さんの絵を描く子。紫色の魚ばかり描く子。灰色の魚、深緑の貝殻、白いサンゴやオレンジと黒のクマノミ、イソギンチャクなどを描く子どもの傍ら、僕は何か大きなものを学んだ気持ちになりました。

重い病を負わされた子ども達の正直な様々な心の想《おも》いが、このヨットのキャンバスに描かれていたからです。

特別熱心だったのは、佃島《つくだじま》小学校三年生の愛子ちゃんでした。

その愛ちゃんは、アメリカと日本の二重国籍を持っています。お父さんがハワイの日本企業のホテルに駐在員として出向している時に、ホノルルで生まれたのです。

しかし二年程前に、愛ちゃんの体調に異変が起こりました。心配した両親はすぐに現地の病院に行き、血液検査の結果、腫瘍《しゅよう》マーカーの値が高く、小児ガンの疑いを知らされ、お母さんと一緒に日本に帰って来たのです。

国立がんセンターの診断では、やはり小児ガン、すぐに治療が始まりました。抗ガン剤、手術、放射線治療の結果、現在緩解状態で経過観察中です。

愛ちゃんは、病に対する恐れが微塵《みじん》もない、生命感溢《あふ》れた素敵な絵をたくさん描いていきます。

僕は、清海と晴海と年が一緒ということもあり、すっかり仲良くなりました。愛ちゃんもこの十九階がとっても気に入ったようで、その後も居ついてしまいました。

その翌日、源三じいさんはある掃除のおばさんを連れてきました。六十歳くらいのみずほさんというおとなしそうな人でした。

「純一、この人がお前の秘書だ。今まで時給八百円でシーツ交換や掃除をしてきたけど、お前予算あるんだから倍くらい出せな。みずほさん、宜《よろ》しくお願いしますよ」と源三じいさんは言いました。

みずほさんはオレゴン大学の心理学の博士号を持っているキャリアウーマンだそう

で、三十年ほどアメリカで白人の御主人と暮らし、二人の子どもを仕事の傍ら育ててきたそうです。

それが数年前、日本にいる八十五歳の一人身の母親がひょんなことから足を踏み外し骨折、入院、寝たきりとなってしまいました。一人娘のみずほさんは、どうしても母親のことが心配で、ずーっと勤めてきた臨床心理士の職を辞め、夫と離れ日本に帰ってきたそうです。

夫は理解がなく、ついて来てくれませんでした。今はニュージャージーに新たな所帯をもって、息子と娘とはメールのやり取りをしているそうです。

戻ってきた日本では、バイリンガルであることや、心理学の博士号、長い臨床心理士生活での経験が役に立つことはなく、たくさんの会社を回りましたが、皆年齢制限で雇ってもらえなかったそうでした。

手に入れた仕事は時給八百円、一日四時間の掃除婦だけだったそうです。十年前に乳ガンの手術をアメリカで受けた経験もあるそうでした。

みずほさんはとても控え目で物静かで謙虚な人でした。パートナーとしては申し分ありません。

これで、僕、みずほさん、ボランティアの愛ちゃんのスタッフが整いました。

資金の多くを出してくれた源三じいさんも大喜びで、「子どもの頃、大木の上に家を作った時のように楽しかった」と別れの言葉を残して、パトリシアと一緒にカナリア諸島に帰って行きました。

いよいよ「手紙屋Ｈｅａｖｅｎ」の船出です。

エントランスの両開きのドアはいつも片側が開いていて、入りやすい配慮をしてあります。反対側のガラスドアには、

「手紙屋　Ｈｅａｖｅｎ」
あの人へ、この人へ、あなたの想い、心をこめて
手紙代筆致します。相談無料、お気軽にお立ち寄りください（ドリンクバー無料）。
営業時間　九時〜十八時

とステッカーが貼《は》ってあります。

エントランスの植物園を抜け、左に曲がると〝Ｈｅａｖｅｎ〟と書かれたキールとメインマストのないヨットがラックの上にドーンと乗っています。

観音開きのチーク扉を開けると、居心地のよいサロン。片側がベンチシートになっていて、チークでツヤツヤしたデスクは移動式で、患者さんの座る席はレカロ社製の特注リクライニングシート。ゆったりとした間取り、もちろんバリアフリーなので、車椅子やストレッチャーのままでも入れます。

チークの薄くツヤツヤしたブラウンの木の色が美しい、ダークブルーの腰かけが僕のデスクとなりました。

キッチンは半分取り除きましたが、シンクとその下にはミニ冷蔵庫、両サイドには小さめの横長の窓があり、光が射《さ》し込みます。

ちょうど患者さんの目の前には、細長くて薄い電子アクエリアムを設置して、熱帯魚が観賞できるようになっています。生き物は人を和ませてくれるという源三じいさんのアイデアです。

天井はクリーム色、照明として明暗を調節できる八個のスポットライトを取り付けました。

バウキャビンにはV字のバースがあり、ターコイズブルーのマットレスが置かれて、大人一人、子ども一人まで寝られるスペースがあります。

そのバウの下にはスライディングドアが付いていて、開けると外で、薄茶色のチークデッキのプライベートベランダです。リクライニングシートが二つと小さな丸テーブルがあり、右サイドの一番眺めのよい所には、檜風呂《ひのきぶろ》があります。

さらに、肺ガンを患《わずら》っている山田さんの「七十過ぎて今さらタバコ止《や》めろ！　って言われたって、もう五十年以上スパスパやってる俺が今さら止められるかってんだ、こん畜生！」という捨て台詞《ぜりふ》を思い出し、原田先生には内緒で、ベランダの裏側に濃い茶色のレトロなベンチとスタンドのついた安定感のある灰皿を用意し、ヘビースモーカーの入院患者さんのための喫煙コーナーも設けました。がんセンターの自転車置き場の横にも喫煙所があるのですが、こちらの方が眺めがよいので、気持ちよく煙草《たばこ》を吸えるはずです。

ここから、僕が毎日欠かさず通う波除《なみよけ》神社が、築地市場の活気とは対照的に、ひっそりと佇《たたず》んでいるのが見えます。その向こう側には、隅田川がゆっくり流れていて、タグボートや小さい貨物船が勝鬨《かちどき》橋の下を走っています。さらに、がんセンターの南方に、お台場のフジテレビ、ホテル日航東京、レインボーブリッジが、無機質な灰色の虹《にじ》のように横たわっています。

清海と晴海と同級生の愛ちゃんはここに頻繁に通ってきて、カモメ達をすっかり手《て》懐《なず》けてしまい、たくさんの白いカモメ達がこのチークデッキのベランダに集まって来るようになりました。

みずほさんも各病室の「TVご利用の案内」の裏に「手紙屋Ｈｅａｖｅｎ」の広告をラミネートして回っています。

僕は源三じいさんの命令でドクター用の白衣着用禁止となり、木綿でできた沖縄紅《びん》型藍染《がたあいぞ》めの作務衣《さむえ》に、沖縄の島草履という出で立ちがユニフォームになりました。

こうして、「手紙屋Ｈｅａｖｅｎ」は舫《もやい》を解かれました。

第三章　オータム・スカイ

「手紙屋Ｈｅａｖｅｎ」の立ち上がりは、順調でした。

各部屋のＴＶカードの裏に、広告を出させてもらったことが、とても効いているようで、ナースを通じて次々と予約が入ってきました。アンダーグラウンドなんて、今となってはお笑い草です。

また、来訪したお客さんが、病室の仲間に「手紙屋Ｈｅａｖｅｎ」を紹介していってくれたおかげで、「あの人から聞いたの」と、「手紙屋Ｈｅａｖｅｎ」の知名度はさらに高まっていきました。

皆それぞれ心の内に、たくさんの言葉を抱えていました。夫への不満、妻への感謝、子ども達に伝えたいこと、友人達への想《おも》い……。十人十色、人の顔が一人ずつ違うように、見事に各人の想いは異なり、それぞれオリジナリティに富んでいました。

営業時間を超えて消灯時間の九時ぎりぎりまで、患者さん達の想いを聞く作業は続きました。

ガンという重い十字架を背負っている患者さんたち。常に〝死〟という大きな看板を目の前に突きつけられ、まるで身体《からだ》の中に時限爆弾を抱えているような毎日。いつその導火線にパチパチパチと火がついて弾《はじ》け飛び、自分の命が吹き飛ばされてしまうのか？　毎日毎日そんな恐怖や喪失感と心の中で闘っているのです。

夕闇《ゆうやみ》の訪れとともに、そんな恐れは倍加するようでした。夜、独りぽっちになってカーテンの中でベッドに横たわり、ボツボツとたくさんの小さな穴の空いた白い天井をじっと見上げていると、色々な想いが次から次へと浮かんできて、悪い方へ悪い方へと落ち込んでいくのだそうです。必死に前向きに前向きにと、その思い煩《わずら》いを心から追い払おうとするのですが、まったくうまくいきません。

気持ちは泥船のように沈み込み、患者さんの心から生きる力を奪い去っていくようでした。

　さらに、不眠が追い打ちをかけます。今まで普通にできた〝寝る〟という基本的なことが、どうしてか不可能になってしまうのです。

　これに加えてもうひとつ、患者さん達の心を襲うのが、悪夢です。やっと眠れたと思っても、ガン細胞と正常細胞が戦場で戦っている嫌な夢を見るそうです。命を脅《おびや》かされているようで、本当に寝覚めが悪く、溜息《ためいき》と酷《ひど》い寝汗とともに長い一日の始まりを迎えるそうでした。

　ある患者さんは、しみじみと肩を落として言っていました。

「眠れなくて、おまけにあの夢を見ると、どうなるかわかりますか？」

「……」

「今日と明日、明日と明後日、そしてその翌日と、毎日が切れ目なしに、どんどん繋《つな》がっていってしまうのです。これってとっても辛《つら》いんです。誰でも、働いたら休憩を取るもんじゃないですか。それが、休憩なしで悪夢が続くんです。何日も何日も、とっても疲れるんです。だって、いつまでも恐怖映画を観《み》ているようなもんですから」

　僕はうつ病を経験してますので、当然、眠れぬ夜もたくさん過ごしました。だから患者さん達の言う「毎日が繋がってしまう」この苦しさはとてもよくわかりました。

　患者さんの中には術後下痢がひどくて、夜中でも一時間ごとにトイレに行かなければいけない人もいます。開腹手術した重い身体をベッドから起こすだけでも大変です。点滴キャスターを引きずり、腹にたくさんのチューブをつけて、腹筋に力を入れるたびに、身体を切り裂くような痛みがビクーンと全身に襲いかかります。

　おまけにトイレに行っても、点滴で栄養を取っていて口からは何も食べていないので、出て来るものはビチッと少量の水みたいな下痢だけです。ごわごわしたトイレットペーパーで、拭《ふ》く時の空《むな》しさ。そんな人はたいてい不眠に苦しんでいます。

僕が不思議に思うのは、そんな不眠の人ですら、あの悪夢に悩まされるということでした。悪夢に襲われ寝汗をびっしょりかいて目覚め、ナースコールして手伝ってもらって、ビショビショに濡《ぬ》れた浴衣《ゆかた》を取り替える。それが一晩に何回もあるのです。

僕は患者さん達の話を聞いていて、病と向き合って生きるというのは、こんなにも骨が折れることなのかと、少しだけわかったような気がしてきました。

だから、患者さんの話をちゃんと聞いて、しっかりと手紙にして、渡したいと思うようになりました。

毎日夜中までＨｅａｖｅｎのキャビンで、手紙起こしに精を出しました。

手紙作りは骨が折れる作業でした。

理路整然と自分の想いの底をすっきり簡潔に言葉にできる人なんて、ごくごく稀《まれ》でした。大抵は支離滅裂。話が飛んだり戻ったり、必死になって耳を傾け、相手の気持ちになって話を聞かなければ、誰に対して話したいのか、そのキーワードは何なのか、見つけ出せません。

患者さんから生の言葉で聞いて、夜にボイスレコーダーでもう一度聞き、それから小分けにして、繰り返し繰り返し聞き直していきます。そして、その患者さんのキーワードを探し出し、難しくない言葉をうまく当てはめ、パソコンですっきりと簡潔にまとめていくのです。

書き上げた手紙は、たいてい愛ちゃんかみずほさんに直接患者さんに手渡しで届けてもらいます。その場で読んで、OKかどうか確認します。訂正があれば赤線を引いて貰《もら》って、またやり直し。

最初の頃は、九割がやり直しでした。

新しい作文が日々溜まっていき、手直しもどんどん返されて来るのです。原稿の山、山、山。やらなくてはいけない仕事は、増えることはあっても減ることはありません。

特に、手直しの手紙がとっても辛いです。睡魔と戦いながら夜なべをして、必死になって、「よし！　完璧《かんぺき》！」と思って完成させた手紙。この手紙が僕の意に反して、手直しの赤線で一杯になって返って来るのです。

僕はこの時ほど、国語を小学生の時からしっかりとやっておけばよかったと思ったことはありません。

毎日殆《ほとん》ど徹夜で、Ｈｅａｖｅｎのキャビンで寝泊りする日々が数カ月続きました。

それを見かねたみずほさんから、アイデアが提案されました。

「先生、働き過ぎじゃないですか。そんなに徹夜続きで家にもろくに帰らないと、奥さんやお子さんが可哀《かわい》そうじゃないですか」

その通りです。でも、僕はこの手紙の山を片づけなくてはならないのです。

「それはそうなんだけど、患者さん達は僕の手紙を待っていますから……」

僕が弱々しく答えると、みずほさんは、

「お客様を一日六名に限定しませんか？　今のペースでは、きっと先生が先に参ってしまうと思うんです。手紙屋の作業はカウンセリングにも似ていますから、患者さんによっては、心に抱える地獄の釜《かま》の蓋《ふた》を開けるお手伝いをしてしまうような、とっても危険なものなのです。知らない間に、先生までその地獄の淵《ふち》に引きずり込まれてしまう場合もあるでしょう」

さすが、みずほさん。アメリカで心理学の博士号を取得し、臨床心理士として長年勤めていただけのことはあります。

「一日六人、一人一時間話したら三十分のブレイクタイム。そんな調子で地道にやった方が、きっと効率も上がると思いますよ。もし一時間より早く終わってしまったら、ベランダデッキの檜風呂《ひのきぶろ》に入って貰えるように、素敵なコットン一〇〇パーセントのタオルも用意しませんか？」

なるべく多くの患者さんの話を効率よく聞くこと、そして長く続けることを考えると、確かにそうした方が、患者さんのためにも僕のためにもなると思い、みずほさんの提案を受け入れました。

おかげで、その後は徹夜作業も少なくなり、僕の精神も快復していきました。


「おーい、純一。儲《もう》かってるかあ。入るぞぉ」

いつもながら大きな声を張り上げ、外科の二宮先生がやって来ました。

大学時代、四七〇級のヨットレーサーだった二宮先生はヨットが忘れられず、将来はこんな白衣なんか捨てて、ヨットで南太平洋に行くんだ、といつも言っています。

そんな二宮先生は、実は日本で五指に入るほどの消化器系外科の名医であり、オペや外来、臨床、研究と、多忙な毎日を送っています。

聞けば、十年ほど前からもう海に出ていないそうです。東大第Ⅱ外科時代は何とか都合をつけて、稲毛あたりのハーバーに通っていたそうですが、お子さんができてからは海から足が遠のいてしまったそうです。加えて、外科医としての名声が全国に広がるにつれ、各地から二宮先生にオペしてほしいという人が殺到し、海の上にいても、あの患者、この患者とたくさんの担当患者の容態が脳裏をよぎり、リフレッシュできなくなり止《や》めてしまったそうです。

「つまんねえ人生だよなあ」というのが、先生の口癖です。

コンビニで買ってきたペットボトルのお茶と弁当をテーブルの上にどさっと置き、キャビンのターコイズブルーのマットレスに横になりました。

この先生はオペ日以外は殆ど毎日ここにやってきて、いろいろお喋《しゃべ》りしていくのです。

フーと溜め息をつきながら、

「今日も外来、異常に人多くてさあ。三時にやっと昼飯だよ。嫌になっちゃうな。朝九時からぶっ通しで、画像とにらめっこして、必要があればその場でエコー撮ってよ。毎日二十四時間、生きるか死ぬかの判断していくんだぜ。しんどいよ、まったく」

毎日、同じような愚痴を口走ります。

「これが風邪か何かで、〝ハイ、お薬出しておきましょう〟って患者ばかりならいいけど、みんなガン患者だからホントに気合いがいるぜ。皆もっと普段から健康に気ィ遣って、病院の世話になんかならなきゃいいのになあ。そう思わないか？　純一、オイ、聞いてんのか？」

僕は軌道に乗ってきた「手紙屋Ｈｅａｖｅｎ」の仕事で忙しく、先生のヨタ話に付き合っている時間はありません。

「アー、聞いていますよぉ。でも皆さん健康だったら、医者の僕らは全員クビじゃないですかぁ」とデスクで原稿をまとめながら、先生の顔も見ずに答えました。

「オオッ！　そりゃそうだなあ。お前なかなか頭いいな。患者がいなかったら、オマンマの食いっぱぐれだ。子どもも大学生だし、まあホームレスよりいいか。ちょっと憧《あこが》れちゃうけどな」

「そうですよ。〝世のため、人のため、一日一生〟ですよ」

「何を白々しいこと言ってんだ。さてはお前、このプロジェクト、密《ひそ》かに気に入ってんだろう。なっ、そうだろう」

痛いところを突かれて、一瞬ぎくっとしてしまいました。

このキャビンでの〝手紙代筆業〟は、人の心の奥深い部分を垣間見《かいまみ》ることができて、最近では天職ではないかというほどに仕事が楽しいのでした。しかし、そんな気持ちをひた隠して、

「いやあ、先生。この代筆業もなかなか大変なんですよ。先生みたいに患者さんにずけずけ、あ、いや、はっきり言うのも良し悪《あ》しで、先生の言葉で傷ついちゃってここに慰めて貰いに来る患者さんもいるんですから。言葉に気をつけてくださいよ。心の

繊細な傷つきやすい人だって、たくさんいるんですから」

「なんだ、純一。お前なんかペーペーのレジデントのくせしやがって、最近生意気になったんじゃねえか？　いい根性だな。そんな口叩《たた》くと、うしろからメスで頸動脈《けいどうみゃく》切っちゃうぞ！」

僕も医学部時代にヨット部でしたので、二宮先生と僕は親しみを感じ合い、お互いズバズバ遠慮なく何でも言い合えるのです。

「愛ちゃんはいないのか？」

「今日はまだ学校です。五時間ですからまだですね」

「なーんだ。ハモってもらおうと思ったのに……。仕方ねえ、まあいいか。景気づけにみずほさん、０６７００入力して」

患者さん達には公開してませんが、ここにはカラオケがあるのです。これも源三じいさんのアイデアなんですが、とりあえず手紙代筆業が軌道に乗るまでは、患者さん達には内緒にしておこうということになりました。なぜって、ここでカラオケを始められたら、うるさくて僕の手紙書きに支障をきたすからです。ただ、二宮先生には隠してあったのを見つかって、やむなく一日一曲限定でカラオケ使用を認めています。

「先生、ちゃんと三十円払ってくださいよ。愛ちゃんのバス代になるんですから。うちはツケは利《き》きませんからね」

先生は手で煩《うるさ》そうにわかっているよ、と返します。

「アー　ユー　レディ？　ヘーイ　ヘイ　ヘイ　ヘーイ　ヘイ」

すぐに僕にもマイクを渡します。僕も仕方なく、

「ヘーイ　ヘイ　ヘイ　ヘーイ　ヘイ」

先生のお気に入りの曲、フィンガーファイブの「学園天国」です。

「あいつもこいつもあの席を、ただひーとつねらあっているんだよ」

先生は絶叫しています。間奏の時に、

「純一、お前マサオ。みずほさん、あんたタエコ」と勝手にパートを決めていくのです。

みんなで大合唱して先生はご機嫌です。手術室でもフィンガーファイブを流しているそうですが、この人の思考回路はどうなっているのでしょうか。

「あー、すっきりしたあ。やっぱりキャビンの中は音が共鳴していいなあ。今度ここにサックス持って来よ」と独り言を言っています。

ドシリとマットレスに横たわり、やっと静かになりました。

しばらくすると、もぞもぞと白衣の袖《そで》をめくり、半身だけ起き上がって何やらやっ

ています。右手に何か持っているようです。よく見るとそれは注射器。気持ち良さそうにグイッと液体を注入しています。

僕はヤクでも打っているのかと驚いて、

「先生、どうしたんですか！　こんな所で注射するのやめてください！」と慌《あわ》てて先生の手をつかみました。

「これはインシュリンだ、心配すんな。俺は血糖があれでな、食事も毎日一八〇〇キロカロリー以上は食えねえんだ。このインシュリンの量が微妙でよ」

「あれ、先生。つまり糖尿の気があると？」

「まあな」と先生は僕から目を離したままで言いました。

「ドクターって言ったって所詮《しょせん》人間よ。患者はまるで俺が神様のように寄って来るけど、人それぞれ、人に言えないもの抱えてんだよ。見ろ、この弁当だってあの一階のコンビニ前のトレイに載っているヘルシー弁当。俺だって、たまにはメンチカツや鶏《とり》の唐揚げ食べてえんだ。こんな煮しめばっかじゃなくてよ、もっと油ギッシュでパンチのあるものを……」

日本で五本の指に入る名医にも、複雑な思いがあるようです。先生はまずそうにヘルシー弁当をむしゃむしゃ食べています。

「俺、実は心配性だからよぉ。患者さんのことやオペの結果がとっても気になってな。まあ、Ｈｅａｖｅｎが出来たから助かるよ。じゃ、そろそろ外来に行くわ」

「えっ、先生、ひょっとして患者さん待たしているんですか？」

「んっ、そうだよ。何か悪いか？」

「だって、もう一時間以上も待っているんじゃないですか、患者さん？」

「たった小一時間で倒れるような患者だったら、遅かれ早かれ俺の所に来たって、もうどうしようもない。ガンってのは、ゆっくり進行していく病気なんだ。そこがスリルがあるんだけどな」

　なんて不謹慎なことを言うのでしょう。

「まあせいぜい、患者の心のケアはお前が頑張ってくれよ。オレもどんどん患者を送り込むからな」と言って、「Ｈｅａｖｅｎ」から出ていきました。

　その翌日。

「おーい、純一、いるかー？　いるんだろー、ちょっと手伝え！」

大きな声で二宮先生が叫んでいます。

「はーい、何ですか」

入り口に顔を出して、僕は初めてことの重大さに気がつきました。先生はストレッチャーに乗せた患者さんをＨｅａｖｅｎに連れて来たのです。

可哀そうに、四十代半ば、中肉中背の眼鏡をかけた知的な患者さんは、何かに怯《おび》え身体《からだ》をプルプルと小刻みに震わしています。よく見ると、口元に泡まで吹いています。

相当精神を侵されたガン患者さん、と僕は察しました。

「二宮先生、この患者さん？」

「ああ、英樹《ひでき》っつうんだ」

「先生、英樹さん、酷《ひど》いパニック状態のようなんで、新米の僕より、原田部長のところにお連れして、しかるべき処置をしてもらった方が良いのではないでしょうか？」

二宮先生はポツリと言いました。

「こいつ、ガンじゃねえ」

「はっ？　ガンじゃない？」

「そう。こいつの奥さんがガンの疑いがあってなあー。さっき、家族面談で『まだ病理の結果が上がってきませんのでもう少し待ってください』って言ったら、こいつ、パニックになっちゃって、『先生、恭子は、恭子は本当はガンなんでしょー、先生は隠してるんでしょー』って、胸ぐらに摑《つか》みかかって来やがったんだよ」

「それで泡まで吹いちゃったんですか」

「そうなんだよ。しまいには『おめぇ、恭子を殺したらただじゃおかねえぞ！　指の一本や二本じゃ、俺のこの怒りは収まらないぞ！　覚悟しとけ！』って、もう手が付けられないから、軽い筋肉弛緩剤《しかんざい》を注射してやって、連れてきたってわけだ」

二宮先生はそう言うと、この患者さん、いや英樹さんをストレッチャーごと預けて、そそくさと出ていってしまいました。

僕にそんな患者をどうしろと言うのでしょうか。また暴れ出されても困ります。それに今日のHeavenは予約で一杯です。

何とかしなければと思い、みずほさんに頼んで、ベランダのデッキに移動させました。困っているのは僕だけではありません。みずほさんも愛ちゃんも、そして遊びに来ていた膵《すい》ガンで検査入院中のシュージさんも、心配しながらもびっくりした表情をしています。

小一時間すると、英樹さんが目を覚まし、青白い顔をしてよたよたとこちらに来ました。

「だ、大丈夫ですか」

「さ、さっきは取り乱してしまって、すみません……」

僕はホッとしました。また暴れ出すのではと心配していたからです。みずほさんにコーヒーを注いでもらい、ゆっくり話を聞くことにしました。

英樹さんは何でも眼科医で、日本医科大の医局に勤めているそうです。

「恭子をガンにしたのは、この僕なんです」

英樹さんはそう言って泣き崩れ、両手で頭を掻《か》きむしっています。

「僕が恭子に酷いことをしてきたから、そのストレスでガンになったんです。僕がもっといい夫だったら、こんなことには……」

こういうときは、言いたいことを言わせて、泣きたいだけ泣いてもらうのが、最も効果的です。

「僕がまだ大学病院でインターンをしていた貧乏時代に、コンタクトが合わないと言って眼科に来た恭子に一目惚《ぼ》れして、それから付き合い始めて、結婚したんですけど……」

どうやら、結婚後に何かあったようです。

「恭子は本当にいい妻でした。でも、僕は……僕は結婚半年もすると、女遊びに夢中になってしまったんです」

みずほさんが一瞬鋭い視線を送りました。こういうことには非常に敏感なのです。

「その後医局に上がると、それなりにお金に余裕ができて、あんまり遊びも知らずに育ったせいか、ついつい銀座や六本木に繰り出すようになってしまったんです。これまでどれだけの女性と浮気してきたか……」

多少の浮気は仕方がないかもしれませんが、そんなにたくさんの人とそういうことをしてきたのなら、やはり反省すべきです。

「それだけじゃないんです。そういう夜の街の女ならまだしも、僕は毎年入ってくる新人ナースにまで手を出していたんです」

みずほさんは既に仁王様のようになっていました。最近毎日のように「Ｈｅａｖｅｎ」の喫煙所にタバコを吸いに来ていたシュージさんは、にやにやした顔をベランダから少し覗《のぞ》かせながら、愛ちゃんに大人の世界をいろいろと説明してます。

「もう、とっかえひっかえ、やりまくりでした。そんな生活が実につい最近まで、二十年近く続きました」

僕は驚いて、

「そっ、それで恭子さんは？　あの、結婚生活は？」

「恭子とは結婚半年目からセックスレスでした。それは今でも続いています」

「そ、そんなんでよく結婚生活続けていけますね。当然、恭子さんも英樹さんの浮気、ご存知なんでしょう？」

「ええ、もちろんです。でも恭子は、元々我慢強い女で、しかも山形の山奥出身だから、離婚なんてしたら、親に合わす顔がないと考えているようなんです」

まったく奥さんが不憫《ふびん》でなりません。

ここまで話すと、英樹さんはテーブルに突っ伏して、

「僕が悪いんですーっ。僕が恭子をガンにしたんですーっ。僕が女遊びをしていたから、ストレスが溜《た》まってガンになってしまったんです。僕は死んでお詫《わ》びしないといけないんだー」と、いきなり大声で泣き出しました。

これまでここを訪れる人たちは、みんなガン患者でした。しかし、よく考えてみると、ガンを患《わずら》った患者さんの家族もまた、同じく心を病んでいるんだと改めて感じました。

気が動転している英樹さんに、サクマのキャンディドロップをブリキの缶から一つ取り出して、

「これは最近、ジョンズ・ホプキンス大学で開発された新しい精神安定ドロップです。まったく副作用もありませんので、よかったらどうぞ」と言って、今日のところは英

樹さんには帰ってもらいました。

英樹さんの奥さん、恭子さんはいったいどんな思いで病理の検査結果を待っているのでしょうか？　僕は恭子さんに会ってみたくなりました。

翌日、愛ちゃんに頼んで恭子さんに手紙を渡してきてもらいました。もちろん、恭子さんに会うためです。

前略
恭子様
私はこの病院の十九階で、手紙代筆業〝Ｈｅａｖｅｎ〟を営んでいます、野々上純一と言います。
先日、ご主人の英樹さんが、あなたの病気を大変心配なさって、この「手紙屋Ｈｅａｖｅｎ」に相談にいらっしゃいました。かなり思いつめた様子でしたので、私は英樹さんのことがとても心配になりました。できれば一度恭子さんにもお会いして、お話をお聞かせいただけたらと思っております。

もし、恭子さんのお体の具合がよければ、私が病棟のほうへ伺いますし、恭子さんがお元気でしたら、ぜひ十九階のヨットにある〝Heaven〟にお越しくださって、気分転換に寛《くつろ》いでいただけるとよいかと思います。

ご病気で入院中、いろいろご心労があることと思います。

突然のお願いをどうかお許しください。

お返事お待ちしております。

〝手紙屋Heaven〟野々上純一

午後八時。

検査入院中でまた遊びに来ていたシュージさんと小学生の愛ちゃんが、ひとしきりUNOを楽しんでいるときです。

「純一さんはいらっしゃいますか」

小柄で目がくりっとして、笑顔のかわいらしい愛嬌《あいきょう》のある美人が立っていました。

「あっ、ひょっとして恭子さんですか」

「英樹さんがお世話になったそうで……」と、心地よい優しい声です。

「はじめまして。手紙屋の純一と言います。恭子さん、お体の具合はいかがですか？どこかつらいところはありませんか？」

「いえいえ、全然。最近眼がぼんやりするといったら、突然検査をしたほうがいいとあまりにも主人がしつこく言ったので、ここに入っただけでして、今は何の症状もありません。ところで主人のほうですが、いかがでしょうか？」

「そうなんですよ。通常、家族がガンの疑いがあると知れば、どんな方でも狼狽《うろた》えるのですが、英樹さんの場合はちょっと違うのです。狼狽えまくっているというか、ノイローゼ一歩手前というか」

恭子さんはちょっとびっくりした顔をして、

「それはどういうことでしょう？」

「『恭子をガンにしたのは、今まで自分が恭子のことなど全く省みず、自分勝手にやってきた罰が当たった』と言って、聞かないんですよ。あのままだと、本当にうつ病かノイローゼになってしまいますよ」

「そうですか……。私たちの結婚生活は、本当にすれ違いでした。主人がよそに女性を作っていたのも、結婚当初から知っていました」

恭子さんはボソッと言いました。

そんな関係にありながら、なぜ夫婦生活、結婚生活を十八年もの間続けることができたのでしょうか？　僕は思い切って聞いてみました。

「恭子さん、お気を悪くされたらすみません。単刀直入に伺ってもいいですか？」

「はい、構いませんよ」

「英樹さんが余所《よそ》に女性を作って、おまけに恭子さんの事は蔑《ないがし》ろにして……そんなすれ違いの夫婦生活を、恭子さんはなぜ十八年も続けてこられたのですか？」

恭子さんは暫《しばら》くじっと黙りこんでいましたが、俯《うつむ》きながらポツリと一言いいました。

「主人に謝らなければいけないのは、私のほうなのです」

「えっ？　もしかして、恭子さんも他に男の人を作っていたとか……」

「いえ、私は、そんな器用なタイプではないので……。目には目をなんてことは昔からできない質《たち》なのです」

「では、なぜ？」

「私が英樹さんに謝らなければいけないです」

恭子さんはきっぱりと言いました。

「どういうことですか？」

恭子さんは何やら考えています。

「私にもさっぱり分かりません」

「はっ、はいっ？」

「私にもなぜそういう気持ちになったのか、さっぱり分からないのです」

「でも、何かこう、きっかけのようなものとか、何かあったのではないですか？」

しつこく尋ねました。こんな説明では納得がいきません。

「何といえばいいのでしょう。英樹さんの浮気には気付いていました。でも、夫を責めて、問い質《ただ》すことができなかったんです。私は喧嘩《けんか》ができるタイプではなくて……。ケンカして、二人の問題として立ち向かってっていう努力ができなかったんです。浮気がはっきりしても、離婚する勇気もありません。それならいっそのこと、知らない振りをするか、知ってても許している振りをした方がいいと思ったんです。

でも、それって結局自分が傷つきたくないってだけのこと。自分が可愛《かわい》いから、わざわざ危ない橋を渡ろうとはしなかっただけなんです。

それに、これまでの私は英樹さんの〝彼女〟でしかなかったんです。男の人が私に何でもしてくれると思って育ってきたから、結婚後も同じように振舞ってしまって……」

すると、傍らで話をずっと聞いていたシュージさんがポツリと言いました。

「純一さんよぉ、その人の話、まとめて旦那《だんな》宛《あて》の手紙にしてあげればいいじゃん」

ボイスレコーダーで録音もしてないのに、勝手なことを言う人です。愛ちゃんもニコニコしながら頷《うなず》いています。

それを見た恭子さんは、

「是非、お願いします」と、目を潤《うる》ませながら、僕の手を両手で握り締めてきました。

英樹さんへ

私のことが心配で、夜も眠れず、食欲もない生活が未《いま》だに続いているのでしょうか。

私がガンの疑いを持たれたのは、決してあなたの罪の結果ではありません。眼科医を長らくやっていて、自分の妻の悪性腫瘍《しゅよう》に気がつかなかった、その遺瀬《やるせ》なさはよくわかります。

私は、素人《しろうと》だけれど、目のガンに関する文献をたくさん集めて、暇に飽かして読んでいきました。目のガンって本当に珍しいのですね。

あなた、私一つお伝えしたいことがあるの。

今まで十八年の結婚生活だけれど、私は正直なところ、単なる〝彼女〟でしかありませんでした。

男のあなたが何でもしてくれるって思っていました。

しかし、ガンかも知れないといわれてはじめて、それは間違いだったことに気付いたのです。

今度退院したら、これからはあなたの〝妻〟になりたいと思っています。

今までの事、過去の十八年間本当にすみませんでした。


英樹さん、これからもよろしくお願いします。

国立がんセンターにて　恭子

翌日、病院に訪れた英樹さんを、シュージさんに捕まえてきてもらいました。

英樹さんは、食事もろくに摂《と》っていないようで、げっそりと痩《や》せてしまっています。

「まあ、座ってください」

僕は英樹さんにコーヒーを注ぎながら、一通の手紙を手渡しました。

英樹さんはそっと封をあけ、便箋《びんせん》に目を通しました。読み進むうちに、目が潤んできました。

「恭子……、悪いのは僕のほうだよ、謝らなくてはいけないのは……」

涙と鼻水をだらだらと垂らしながら、声を詰まらせています。

英樹さんは十八年かけて、やっと〝夫〟になったのでしょうか。

いきなり「恭子のところに行ってきますっ！」と言って、走り出していきました。

すると、扉のところで待っていたシュージさんが、走っていく英樹さんを捕まえて、耳元で囁《ささや》きました。そして、シュージさんに頷くと、英樹さんはまた走っていきました。

それから暫くして、恭子さんは英樹さんに付き添われ、仲むつまじく退院していきました。

心配だった悪性腫瘍は、ごくごく早期のもので、三カ月の経過観察、もしくはレーザーや放射線の照射による治療で済むとのことでした。

ただ一つ不可解だったのは、恭子さんの手紙を英樹さんに渡した日以来、シュージさんと英樹さんは「Ｈｅａｖｅｎ」のベランダで、頻繁にひそひそ話をしていたことです。

恭子さんの退院のときも、英樹さんは、鳩《はと》サブレーの一番大きい缶を、シュージさんに恭《うやうや》しく渡し、おまけに「このご恩は一生忘れません。これからも頑張ります」なんて言っています。

シュージさんも、「頑張れよ」なんて偉そうに、英樹さんの肩を叩《たた》いて、見送っていました。

手紙代筆をしたのは僕なのに、勘違いでもされているのかなあと思いましたが、英樹さんと恭子さんがとても幸せそうだったので良しとしました。


その数週間後、一通の手紙が〝Ｈｅａｖｅｎ〟に届きました。恭子さんからです。

Ｈｅａｖｅｎの皆さんへ

みなさんお変わりありませんか。

私はその後、目の腫《は》れや、虹彩《こうさい》の異状などもなく、とても順調です。

今は私の故郷、山形県の鶴岡市に来ています。羽黒山の麓《ふもと》にある、羽黒温泉に英樹さんと二人でいます。

あれから私達の生活には、大きな変化がありました。英樹さんが日本医大の医局を辞めてしまったのです。

その翌日、英樹さんは、それまで乗っていたお気に入りのメルセデスのステーションワゴンを売り、トヨタライトエースを改造した、小さくて綺麗《きれい》な二人乗りのキャンピングカーを買ってきました。

私はびっくり仰天しました。英樹さんに聞いてみると、

「今まで自分達の十八年間の結婚生活はすれ違いで、おまけに〝彼氏、彼女〟の延長で〝夫婦〟ではなかった。だから、恭子のガンの治療も兼ねて、本当の夫婦になるために、このキャンピングカーでお前の生まれ育った東北や、北海道の温泉巡りをして楽しもう、一から夫婦生活をやり直そう」との事でした。

でも仕事も辞めて、無職になっておまけに旅の生活です。私は思わず、金銭的に大丈夫なの？　と訊《き》いてしまいました。

すると彼は、「実は、将来の開業資金にと思って、コンタクト屋でバイトして貯《た》めたお金があるから、暫くは安心して大丈夫」と言いました。

久し振りに東京を離れてのキャンピングカー生活は、色々ありましたが楽しいものでした。

ある時はトイレに消臭剤を入れるのを忘れて、鼻を押さえながら運転しました。またある時は、まっすぐで自然豊かな東北自動車道を、彼が運転し、私はベッドに横たわりながら外の風景を楽しみました。とっても豪華な気持ちがしましたよ。

まず二人で行ったのは、私の地元の庄内平野にある温泉巡りでした。

毎日一箇所ずつ、黄金《こがね》温泉、湯野浜温泉などに入りながら、日本海の海を横目に走りました。

途中、眺望の森で、キャンプもしました。

私は、コールマンのシングルバーナーを使って、魚介類たっぷりのおいしいブイヤベースを作りました。

英樹さんはその辺から薪《たきぎ》を拾ってきて、焚《た》き火をして、二人でその炎を見つめながら、おいしくできたブイヤベースを一緒に食べました。

この二十年以上、東京のグレーの雲の下で暮らしてきた二人には、焚き火の炎すら見るのが珍しく、満天の星の明るさと、その神秘的な炎に、言葉を失ってしまいました。

それから、英樹さんが私を連れて行きたがった温泉が、玉川温泉でした。

ここは秋田県と岩手県の県境の八幡平《はちまんたい》にあります。

ガン患者さんにはとても有名な温泉で、北投石《ほくとうせき》という湯の花の化石のような石が、この温泉の特色です。

もうガンが進行して自分一人では歩けないほどのおじいさんが歩けるようになったなど、未だ科学では証明されていないガンに効くといわれている有名な温泉です。

源泉はpH一・〇五という強酸性で、湯船に入ると肌の弱い私などは、ちくちく刺されるような感じで、すぐに岩盤浴のほうに行きました。

岩盤浴とは、宿から歩いて五分くらいのところに張ってあるテントの中でござを敷いて寝ころがり、地面に伝わる地熱で身体を芯《しん》から温める独特の湯治法です。タオルケットに包《くる》まっていると、体全身から汗が噴き出してきます。四十分位して外に出ると、爽快《そうかい》そのものでした。

この玉川温泉を私はすっかり気に入ってしまいました。英樹さんも嬉《うれ》しそうでした。

なぜかと言えば、この温泉には一軒しか宿がなく、全国からガン患者さんの宿泊予約が殺到して、なかなか予約が取りにくいからでした。

最初からその事を知っていた彼は、今まで乗っていたメルセデスを売って、トヨタライトエースのキャンピングカーに買い換えたのでした。

キャンピングカーがあれば、温泉に入って、すぐ隣に自分の家があるようなものです。疲れたらキャンピングカーの中で好きな音楽を聴いたり、本を読んだり、夜は飯盒《はんごう》でご飯を炊《た》いてカレーを作ったり、そのあとは英樹さんと寄り添いながらゆっくり過ごしました。


この玉川温泉で、私の体調は目に見えてよくなってきました。

シュージさんから教わった免疫療法《めんえき》のお蔭《かげ》もあるかもしれません。

純一さん、それは何だかご存知ですか？

ちょっと恥ずかしいのですが、うーん、恥ずかしいからやっぱりやめておこうかしら。

シュージさんは、私たちセックスレス夫婦のために、ちょっとした工夫をしてくれたのです。

それは退院を間近にした「手紙屋Ｈｅａｖｅｎ」での二人きりの夜のことでした。

シュージさんは、私たち夫婦のために、Ｈｅａｖｅｎを開放してくれたのです（こっそり純一さんの机から鍵《かぎ》を抜き取り、合い鍵を作って渡してくれたのです。怒らないで下さいね)。

十年以上の歳月は、私達夫婦を結び合わせるには長すぎて、どうも恥ずかしくて、燃えるものがなくて、二人とも押し黙って、キャビンで二人静かにジントニックを飲んでいました。

グラスが空く頃、英樹さんはおずおずと、ベランダデッキの檜風呂《ひのきぶろ》に二人で入ろうと誘ってきました(あとから、シュージさんのアドバイスだと話してくれました)。スモッグに覆《おお》われている東京の夜空でも、十九階からの眺めは言葉を失うほど綺麗で、裸でいることで、気持ちがゆっくり解《ほど》けていくのがはっきりわかります。恥ずかしいという気持ちはかけらもなく、今ここに二人でこうしているのが、とても自然なことのように思えました。

私たちはどちらからともなく、十七年ぶりに身体《からだ》を重ね合わせていました。キャビンのバースでの最高のひと時でした。

今の夢は、二人で仲良く、小さいながらも、愛のある眼科医院を開くことです。皆さん、本当にありがとうございました。

玉川温泉にて　恭子

シュージさんがそんなことをしていたとは、まったく知りませんでした。

しかしシュージさんはもうがんセンターにはいません。検査入院が終わって退院し、今は家族の待つハワイへ旅立ったと聞いています。

勝手にＨｅａｖｅｎを開放したことは許せませんが、英樹さんと恭子さんの仲が戻ったことに免じて、今回はよしとします。


今日は、月に一度のＨｅａｖｅｎの大掃除。

僕は箒《ほうき》で船内の床を掃き、みずほさんは壁を拭《ふ》いています。愛ちゃんも小さい身体を大きく伸ばして、みずほさんのお手伝いをしています。

そんなバタバタしている時に、一人の男の人が、観音開きに開け放たれた分厚い木のドアの真ん中に立っていました。

上下ジャージ姿で、サテンの竜の刺繡《ししゅう》の入ったジャンパーを肩に羽織って、キョロキョロと外のガーデンを所在なく眺めています。年の頃は三十歳前後、中肉中背、髪は短くやや茶色に染めてあります。ちょっと厳《いか》つい感じです。

よく気の利《き》くみずほさんは、ささっと彼のところに近寄り、気さくですが丁寧に「いらっしゃいませ」と笑顔で声をかけました。

男の人も、「アッ、どうも」と頭を下げているのが見えます。入り口の特注して作った大きなカエルのケロヨンが「おいでやす」と電子音を発します。

「何だ？」と一瞬男の人はびっくりしていました。

みずほさんは彼の背に手を添えて、どうぞどうぞとキャビンの中へ迎え入れ、僕と愛ちゃんを紹介しました。

「どうも。僕は手紙屋の純一です」

僕は軽く頭を下げました。

「はあ……」

何だかとっても不機嫌そうです。

「お名前は？」

「し、清水っす」

とりあえず、リクライニングチェアに座ってもらいました。愛ちゃんが、イタリアのレストランにあるような、上の部分が丸く切り取られた小さめのドアを閉めに、そっと席を立ちました。

みずほさんは「さぁさぁ、どうぞ」とお茶とお菓子をぴかぴかに磨かれたオーバルのテーブルにひとつ、もうひとつは清水さんのチェアの肘《ひじ》掛けの横の、ファーストクラスによく付いているような収納式の小さなミニテーブルに置きました。

みずほさんはお茶を出す前に、キッチンにあるコンピュータに素早く名前を入力していたようで、清水さんがお茶を啜《すす》っている頃には、電子カルテの彼の病歴が、画面にすべて映し出されていました。

ちょうど清水さんの座っている真後ろの壁に、薄型の三十インチ液晶モニターがついていて、こちらからリモコンでその病歴を映し出せる仕組みになっています。相手が振り返れば、きれいなサンゴ礁《しょう》の水の中の映像にさっと替えられます。

彼は現在三十一歳。奥さんと三人の子どもがいます。二年前に大腸ガンの手術、その後B型肝炎ウイルスから肝臓ガンになり、肝動脈塞栓術《そくせんじゅつ》やラジオ波、アルコール注入法、抗ガン剤治療と入退院を繰り返し、外科で肝切除の大手術を受けるため、初めてこの病院にやって来ました。

たった二年の間に再発、転移を繰り返し、これで入院は十回目になります。ほぼ二カ月半に一回の割合で入院している計算になります。この病歴と家族構成を見て、清水さんがどれほどの心労を抱えているかが察せられます。

清水さんがお茶を置くのを見てから、画面をクマノミが泳ぐサンゴの海に切り替えました。彼は黙ったままです。

「あのー、実はビールも置いてあるんですけど、もしよかったら、いかがですか?」

ビール? と病院に似つかぬ言葉を聞いて、やや戸惑っています。

「あ、ビールと言ってもノンアルコールです。アメリカ産のオドールとサミュエルアダムスがありますよ」

「えっ? サミュエルがあるんですか?」

ちょっと驚き、口を開いた清水さん。

「みずほさん、サミュエル二本、お願いします」

二人のテーブルに、サミュエルアダムスとマカデミアナッツのハニーローストがすぐに置かれました。

「へー、サミュエルってノンアルコールもあるんですかぁ。これ、僕のお気に入りでしてね。うちの店でも出しているんですよ。あ、オレ、板前してます。雇われですけど」

ようやく少し口が解《ほぐ》れてきました。

「そうですかぁ、板前さんでしたか、あの世界はほんと厳しいそうですねえ。僕も高校時代、ちょっと名のあるしゃぶしゃぶ屋でバイトしたんですけど、厨房《ちゅうぼう》の中の異様な殺気、今でも覚えていますよ。ちょっとしたことで新人さんがよく怒鳴りつけられて、目に涙浮かべてました」

「そうそう、料理の世界はね、大変なんですよ。食べる方とは大違い。何といってもお客の食欲を満足させないといけないわけじゃないですか、厨房ん中はいつもピリピリ、両手にたいてい包丁かお玉か握ってるでしょう、手が塞《ふさ》がってるから、蹴《け》りが飛んで来るんですよ。料理長が苛《いら》ついている日なんか、朝から夜中まで罵声《ばせい》の連続。気の弱いやつなんて、三カ月ももたずに辞めていきますよ。上下関係も半端《はんぱ》なく厳しいから、下手に一言でも言い返したら、すぐ蹴りで倒されて下駄《げた》で胸を踏み潰《つぶ》されますよ」

段々乗ってきたようです。

「オレはもともとヤンキーやってましたんで、その世界には慣れていたんでよかったですけどね。とにかく上の者の言葉には〝ハイッ！〟それだけですよ。〝でもー〟なんて言ったら即足蹴りとイジメですよ」

どうやら清水さん、サミュエルが効いてきたのか、すっかり心を開いたようでした。

「あー、清水さん、僕達なんでも話し聞きますんで、気の向くままに話してください。それを上手《うま》く手紙にまとめますから。あ、愛ちゃんはテラスに行っていてくれる？」

ウンッと頷《うなず》いて愛ちゃんはテラスに行きました。

「……話っていってもねえ」とまた言葉に詰まってしまっています。

「ここに来たんだから、何か伝えたいことがあるんじゃないですか？　来週には大きな手術も控えているみたいですし……」

「……」

完全に黙り込んでしまいました。失敗です。

とそのときです。ふうっと一息、溜息《ためいき》をつき、清水さんは話し始めました。

「先生さあ、オレ、何でこんな病気になったんだろうねえ？」

「うーん、それはこのがんセンターに通って来るすべての人が悩んでいるところじゃないですか？　あ、あと、僕手紙屋なんで〝先生〟っていうのはどうか勘弁してください。できれば手紙屋、もしくは純一、純ちゃん、そんなところでお願いします」

「そうか、あんた先生でも何でもなかったね。じゃあ、純一さんって言わしてもらっていいですか？」

「ええっ、どうぞ」

「何から話したらいいのかなあ……」

「頭で整理なんかしなくていいんですよ。こっちが後でまとめますから、思い付いたままに話してください。最初にひとつだけ聞いてもいいですか。これ、誰に対してのどんな手紙ですか？」

「うん、そうだな。これはオレの遺書、というかオレの周りのやつらへの怒りのメッセージだな。もし今度の手術で失敗してあの世に行くことになったら、葬式の時に読み上げてもらおうと思ってさあ」

「はあ、そうですか」

するも、清水さんの口から次から次へと言葉が流れ出はじめました。

「オレ、もともと頭悪くてさあ。度胸もなかったから、気がついたら、中学くらいの時にはボンタンにリーゼントで、万引きしたり、他の中学の悪グループと喧嘩《けんか》したりって、いわゆる不良になってたんよ。あ、喧嘩って言ってもオレ、からきし根性ないからいつもうしろの方で喧嘩する振りして逃げてばっかりいたんだけど……」

いや、とてもそんな風には見えません。喧嘩はとっても強そうです。

「親はいつも夫婦喧嘩ばっかりしていて、オフクロがいつも泣いてんのよ。兄貴もグレてたから家はメチャクチャでさあ。高校の時は族車仕様のカワサキFXでバリバリバリって近所をバイクで走り回っていたよ。口うるせえオヤジに頭に来て、バイクで玄関に突っ込んで、家メチャメチャにしたこともあんだ」

十分根性あるじゃないですか。

「そんなことばっかりやってたから、結局高校も一年で中退。暴走族くらいしかやることがなかったよ。親とは一言も口をきかなかった。何か言われても、剃《そ》り込み入れた眉毛《まゆげ》で睨《にら》み返してやったよ。するとオヤジもオフクロもビビッちゃってよ。何にも言えねえのよ。だらしねえったらありゃしねえ」

全く僕の知らない世界です。何だか気分が暗くなってきます。

「でもさあ、二十歳《はたち》くらいになると、周りの仲間達が段々変わってくる訳よ。左官屋やったり、内装屋やったり、酒屋に勤めて必死になってビールケースたくさん運んでいたり、それ見てると、オレもこんなことといつまでもやっててもしょうがねえなって思えてきたんだ。

そんな時、兄貴が、お前板前にでもなれ、ありゃ食いっぱぐれがないし、学歴も関係ない、ウデが勝負よ、ってね。オレ、なんかその気になっちゃってさあ。兄貴の先輩って人が副料理長やってる、地元じゃ結構高級な店に入れて貰《もら》えたんだ。それでオレもうワルは卒業だって決心して、リーゼントを丸刈りにして、その日から気合い入れて頑張ったよ。まあ、イジメと暴力の酷い世界だったけど、じっと我慢した。だってそん時、オレのカミさんがコレだったもんでさあ」

と片手でお腹《なか》のあたりが膨らんでいる真似《まね》をしました。

「いろいろあったけど、十二年我慢して気付いたら、副料理長のすぐ下になってたんだ。本当はこれって凄《すご》いんだぜ、純一さん。うちの店には、十五人くらい板前がいるんだからよぉ」

へえ、そうなんだぁと感心しながら、僕は頷きました。

「子どもも三人、一番上の坊主《ぼうず》は思春期が近くなって、オレのこと睨むしかしないけどさぁ、ちょっと前までは父ちゃん、父ちゃんって寄って来てたのが、まったくふざけんじゃねえよ。娘はまだ小二と保育園だから一緒にお風呂《ふろ》に入ってくれるけどね。まあ、そんなことはいいや。やっとオレも一人前になって将来自分の店でも持てたらいいなって、趣味のパチンコやりながら夢膨らませていたんだよ。

それがある日いきなり店の健康診断で引っかかって、医者行ったら色々検査されてさあ。ケツの穴から黒いヘビみたいの入れられたり、狭くて白いチクワの中に長いこと入れられたり……。

結局は面談室にカミさんと一緒に連れてかれて、ガンだって言われた。もともと気の弱いカミさんは、貧血起こしてその場に倒れちゃって、オレも頭の中が真っ白だった。だってガンって年寄りのなる病気じゃねえの。まだ平均寿命の半分もいってないオレが、一家の大黒柱のオレが、何でガンなんだよ」

まったくその通りです。僕ももし今ガンを宣告されたら、同じことを思うでしょう。

「その後、一週間くらいは何にも考えられなかった。ほんとはカミさんと二人で何とか乗り越えようと思ったんだけど、手術の日も決まっちゃったから、副料理長に相談に行って、休ませてもらった。カミさんもネジ作ってる工場でパートしてたから、小さい子ども三人の面倒も見きれなくって、仕方なく親や親戚《しんせき》にも言ったよ。

ヤンキーやってたオレだけど、オヤジやオフクロ、兄貴も心配してくれて、色々協力してくれた。最初の手術は成功してね。皆喜んで……。なんか家族がガンを通して一つになったようで、ほんと嬉《うれ》しかったんだ。平和っつうのかな。店の連中も花とかマンガとか持って面会に来てくれて。三週間くらいで退院して、もう次の週から仕事行ったよ。

副料理長から『清水はエライ！』って、アルバイトのネエちゃんやパートの主婦、接客担当の社員、そうだな五十人くらいの前で誉《ほ》めてくれたんだ。オレ、あのときはヒーローだった。嬉しかったなあ。ホントは腹の傷がズキズキ痛んで、真《ま》っ直《す》ぐ立つのも難儀だったけど、そんなの誉められた勢いですっ飛んじゃって、一生懸命働いたよ」

　みずほさんもホッとした顔をして頷いています。

「でも、三カ月検診の時に、肝臓に転移が見つかったんだ。B型とかいう肝炎にも感染していたらしい、オレは医者じゃないから詳しいことはわかんねえけど。それから抗ガン剤の治療が始まった。また入院だよ。

　家族も、もう治ったと安心してたから、青天《せいてん》の霹靂《へきれき》よお。たじろいでパニックになってた。カミさんもまた倒れて塞《ふさ》ぎ込んじまって。

　病室は四人部屋で、六十過ぎたオヤジばかり、上は八十くらいのもいたかな。肝炎とか糖尿病とかで入院してんだけど、やつらが話している会話がカーテン越しから聞こえてきてさあ。『メシがまずい』とか『カミさんの入れる朝のカフェオレが飲みたい』とか『医者の対応がいつも忙しそうで横柄《おうへい》だ』とか、文句ばっかり言って、最後に必ず『ガンじゃなくてよかった。ガンになっちゃあもう人生おしまいだからね。わしら本当に運がいい』とか言うんだよ。みんなガンは嫌なんだなあ。

　それ聞いて怒りがこみ上げて来るんだけど、抗ガン剤の副作用で熱が上がって、吐き気もするから、何もできずにじっと堪えるしかなかった。だから、オレはいつもカーテンを閉め切ってTVを見ている振りをしてたんだ。こいつらにオレの苦しみがわかるかってね。

たまに無神経な若いナースが心配して、『たまにはお日様も入れなきゃ』とか言ってカーテン開けようとすんだけど、余計なお世話だっつーの。

次の検診では、影がちょっと大きくなっていたんだ。もう仕事は休めないんで、先生に頭下げて、通院で抗ガン剤治療してくださいって頼んだんだ。

朝八時三十分に病院行って、熱と吐き気でふらふらになりながら厨房に立ったよ。夜の十一時頃まで頑張って、家に帰るともうぐったり。

カミさんもオヤジ達も兄貴も心配して、あれ食べてこれ飲んで、ってキノコのエキスだとかハチの巣の何とか、サメの軟骨、腸内細菌の何とか、身体《からだ》にいいって言われてるものをたーくさん出してくるんだよ。

食欲がないからホントに困ったけど、カミさんがあんまり思い詰めた顔してるんで、全部コツコツ朝晩飲んだよ。これ飲むと、もう他の食べ物は口に入らなかった。

次の検診で、肝動脈塞栓術をやることになって、また入院。その次の検診ではラジオ波で患部を焼いてしまう方法。それを二、三回やったかな。次はアルコール注入法。気がついたら二年で十回くらい入退院を繰り返していたよ。

その頃にはオヤジは『まったく、金ばっかりかかるバカ息子だ』と会うたびに罵《ののし》るようになるし、親戚には霊媒師や占い師のところに連れて行かれ、お前達の結婚がそもそも間違いだったと言われる始末。

店の方も、あんなに信じていた副料理長が、保険は何とかするけれど、パート扱いにしなくちゃいけなくなった、とパートのオバちゃん並みの時給九百五十円。入院ばっかりだから収入もぐんぐん減っちゃって……。副料理長だけは信頼してたんだけどなあ。

おまけにカミさんはあっちこっちから『お前の頑張りが足りないんだ！』と文句を言われ、子育てとオレの介護とでほとほと参っちゃって、いつの間にかおかしくなっちゃったんだよ。

夜に人の気配がしてリビングに行くと、虚《うつ》ろな目をしたカミさんが、ビリリリ、ビリリリと一枚一枚新聞破ってるんだよ。オレ驚いて次の日に精神科連れてったよ。

診断では、不安神経症ということだった。それからカミさんは薬のせいか、布団《ふとん》でぐったりしていることが多くなって、電話の音が鳴るたびにビクッとして、枕《まくら》抱えてがたがた怯《おび》えてた。検診に行く満員のバスの中で、突然気を失って倒れて救急車で運ばれたこともあった。

オレ、どうしたらいいか、わかんなくなっちまって……。子ども達も段々おどおどしてきて、長男は声を荒げることもあったり、オレも苛々《いらいら》して子どもに当たって……。家の中は怒鳴り声が絶えなくなった。怒鳴った後は必ず嫌な気分になって、何でオレ達こんなんなっちまったのか、生きている意味があんのかって途方に暮れた。

そんなオレ達夫婦の気も知らず、兄貴は子ども三人いるんだから、勉強して司法書士でも宅建の資格でも取れって詰め寄ってくるんだよ。オレは元々頭悪いし、だいいち今のこの状況で子ども三人、おまけに不安神経症のカミさん抱えて、どうやって勉強すんだよ。板前の仕事も辞めたわけじゃないし。まったくあのクソ兄貴、自分の秤《はかり》でしか物が見えねえんだよ。

オフクロもオフクロだよ。いつも心配面《づら》して来て五千円、一万円と年金の中からちょっとずつ金くれるんだけど、ほんとはじいさんから遺産が入って、結構たんまり持ってるのは知ってんだよ。だけど、そんな風にもったいぶって五千、一万と渡すんだ。

オレには、金の心配はしなくていいから、元気になることだけ考えて、とか綺麗事《きれいごと》ばかり並べているけど、陰でカミさんには、一体あんたの旦那《だんな》にいくら使ったと思ってんの！　あんたがもっと身を粉にして働くもんよ、こういう時は！　とか言っていびってるんだよ。

オフクロは本当にオレのためを思って助けてくれてるわけじゃねえ。ただオレに先立たれた時、悲しみに暮れる自分が嫌だから、頑張れ、頑張れって言ってるだけなんだ。悲しむ自分がいやなんだよ。自分が可愛《かわい》くてしょーがねえんだよ。

他の奴《やつ》らもそうだ。子ども三人いて、若くてガンで大変ね、なんて心配そうに憐《あわ》れみの目でオレを見て、自分勝手に貰い物の品を置いていく。そのたびにオレはペコペコ頭を下げてんだよ。少なくなったけれど、病院に見舞いにくる店の連中もそうだ。若いアルバイトの女とイチャツキながら来て、店の残り物を置いていくんだ。これ食って元気つけろとか言ってね。そんな時、オレはもうどうしようもなく怒りがこみ上げてきて、大声で叫びたくなるんだ。『オレは難民じゃねえー！』って」

清水さんの心の叫びに引き込まれ、聞き入ってしまいました。

清水さんは、ここまで話すと、随分疲れた様子でぐったりとリクライニングチェアに身体《からだ》を預けて黙っています。

「ガン患者だって、プライドや人格はあんだよ。それを野良犬《のらいぬ》扱いしやがって。小さい子どもが三人いて、何とかしなきゃいけないことなんて、とうにわかってる。保険屋にも行ったけど、全部断られたよ。オレにはまだ奴らが成人するまで責任があるけど、何にも残してやれねえんだよ。空《むな》しいよ……」

清水さんは静かに訥々《とつとつ》と胸の内を話していきます。

「けど、どうにもならねえ。自分の力をどれだけ全開にしたって、悪くなっていくものは悪くなっていくんだよ。六十過ぎてガンのやつはいいよ。子どもはもう成人してるし、ちょっと前までは人生五十年だったことを考えれば、五十過ぎたらあの世に行ったっていいじゃねえか。それを病室のおっさん達はびくびくして、『健康第一、長生きしてぇ』なんて言ってばかり、今まで生きてこれただけでもよしとしろってんだ。何で、オレこんな病気になったのかなあ……。若い時悪さばっかりしてきた罰が当たったのかなあ。それとも先祖の祟《たた》りかなぁ。なぁ、純一さん、この世に神も仏もないのかなあ？」

清水さんの初めての問いかけです。これでも精神科医の端くれですから、励ます言葉を頭の中を引っかき回して探しまくりました。この人には、今助けが必要です。それは痛いほどわかるのです。

「人生、なるようになるさ」「くよくよしたって何も始まらないから、前向きに頑張ろう」「まだ手術できるんだから、望みはありますよ」「治療できずに引き取ってもらう患者さんもたくさんいるから、それに比べたらあなたはまだ恵まれている」などなど、言葉が浮かんできました。

しかし、この言葉のすべてが軽く薄っぺらで、清水さんの苦しみを少しでも溶かす力があるとは、残念ながら思えませんでした。

情けないことですが、僕は返す言葉もなく、シャーペンでメモ帳に、〝神〟〝仏〟〝言葉〟などと、無為にメモしているだけでした。

Ｈｅａｖｅｎのキャビンの中に、気まずい雰囲気が流れていきます。清水さんも失望して、疲れた目をして俯《うつむ》きました。

そんな時です。テラスのスライディングウインドウの隙間《すきま》から、半分顔を出して話を聞いていた愛ちゃんが突然口を開きました。

「ねぇ、お兄ちゃん。私、神様いると思うよ。よくわからないけれど……」

清水さんは疲れた目を上げ、小さな愛ちゃんを見つめました。

「お兄ちゃん、私もガンなの。検査のたびに入院して、気持ちが悪くなる薬を点滴されるの。その点滴すると熱が出て、好きな物も食べたくなくなっちゃって、いつもベッドで気持ちが悪いのをこらえながら寝ているの。じっと寝てるだけなの」

清水さんはリクライニングチェアから前に乗り出しています。

「初めは、何で、神様？　って思ったわ。私も友達と大縄やったり、一輪車やったりしたいもん。けどね、お父さんの仕事でアメリカにいた時に、教会で牧師さんが言ってたの。『不幸は幸せの道しるべだ』って。なんでだかわかんないけど、私、その言葉、今になって本当だって思うの」

清水さんは難しい表情をして、食い入るように愛ちゃんの顔を見つめています。

「それまで、パパもママも喧嘩《けんか》ばっかりしてたし、弟のことばっかり可愛がっていたけど、私が病気になってから、喧嘩もなくなったし、優しくしてくれる。弟だって自分の一番大切なミニカー私にくれるのよ。だから、私は病気になって悪いことばっかりじゃないなって思うの」

そこまで言うと愛ちゃんはまた、スライディングウインドウの隙間に隠れてしまいました。

清水さんは眉間《みけん》にしわを寄せ、黙り込んでいます。すると、そっと椅子《いす》から立ち上がり、

「純一さん、取り乱してしまってすいません。オレ、話をわかってくれる人、一人もいなかったもんですから、つい……。また来ます」と言って深々と頭を下げ、キャビンから出て行きました。

登り竜の刺繍《ししゅう》のサテンのジャンパーの背中が、弱々しげに右に左に揺れていました。

僕は〝世のため、人のため〟をモットーとしているのに、何もできない自分にがっ

くりして、ニスでツヤツヤ光るテーブルに額を落としました。

「何やってんだ、僕は……」

愛ちゃんの言葉がリフレインのように頭の中で響いていました。


あれから清水さんに会うことはありませんでした。

みずほさんが手紙を渡しにいった時も、ちょうど八階B棟の術後管理病棟に移されていたため、面会時間などが厳しく管理されていたからです。

肝臓の手術は危険で、執刀医にも高度な腕が要求されます。

〝肝心要《かんじんかなめ》〟という言葉にある通り、肝臓は色々な物を代謝、吸収し、クリーンにする大切な臓器です。おまけに多少悪くなっても、忍耐強く頑張って働いてくれます。そのせいで、黄疸《おうだん》、腹水などの自覚症状が出てしまったら殆《ほとん》どもう手遅れ、あとは昏睡《こんすい》状態に入り、一、二週間で最後の日が訪れるのが一般的です。

あの精神状態で、気力と体力が持つのだろうか、肝機能の値は十分なのか、とっても心配でした。

一筋の光は、ゴッド・ハンドと呼ばれ、変わり者ですが日本屈指の外科医であるあの二宮先生が執刀したことです。

二宮先生は口では患者さんにずばずば厳しいことを言いますが、それは患者さん自身が覚悟しておかなければいけない現実だからこそなのです。生きようと希《ねが》う患者さん自身の心の強さも、危険な手術には必要で、特にガンという病と付き合っていくには、医者任せだけでは駄目なのです。

二宮先生は気休めの嘘《うそ》は絶対につきませんし、心も体も預けられる、数少ないタイプのドクターですから、きっと清水さんも信頼することができたでしょう。

こっそり、二宮先生に清水さんの容態を訊《き》いてみました。すると、

「守秘義務だから詳しくは伝えられねえけど、腹を切って開いてみたら、予想以上にガンが肝臓内にバラバラと散らばっていて、残念ながら完治治療はできず、何もしないで腹を閉じてしまおう、とチームの皆と相談した。しかし、まだ若いし幼いお子さんも三人いるから、何とかしなくてはと、外科としては納得がいかないけど、姑息的《こそくてき》な減量手術で取れる所だけ取った」と。

外科手術は大変なリスクを伴うので、普通の外科医なら、完治の見通しがなければ手術は行わないものなのです。それも、二宮先生クラスの、手術の予約が二カ月先まで決まっている名ドクターは特にです。

「残念ながら、今後も残されたグレーな部分に抗ガン剤か、肝動脈塞栓術《そくせんじゅつ》等の治療

をしていかんとダメだろう」と、先生は力なく話していました。

僕は病院からの帰り道、いつものように築地市場の横にひっそりと佇《たたず》む波除《なみよけ》神社に足を運びました。そこで、清水さんが希望を失わずに、ガンと共に仲良く生きていけますように、と祈りました。

その翌日、僕の祈りに応《こた》えるように、U. S. POSTAL SERVICEのスタンプが捺《お》された分厚い封筒が届いたのです。

第四章　ウィンター・ブレイズ

Dear 愛ちゃん、みずほさん、純一さん

先日まで、うちのシュージが大変お世話になりました。私は妻のリサです。

手紙屋は順調にいっていますか？　患者さんの手紙の代筆、とってもいいアイデアだと思います。それにヨットのキャビンを真似《まね》て作ったなんて、素敵。一度見てみたいです。

シュージから聞き、こちらマウイの病院にも、そんなリラックスできる手紙屋さんがあったら、どんなにいいだろうと思いました。

愛ちゃん、みずほさん、純一さんは、何で私が手紙を書いているか、驚いているんじゃないかしら。手紙の代筆はトップシークレット、患者さんと皆さんたちしか知らないはずですものね。それについては後でお話しします。

日本から戻ってきた彼からあの手紙を渡された時は、正直とってもびっくりしまし

た。彼の余命が短いことの驚きにも、勝るとも劣らないほどの衝撃でした。

だってシュージったら、日頃から本も読まないし、手紙を書くようなタイプの人ではなかったからです。いつもテレビかビデオをだらだら見ているだけ。彼は結婚前たくさんのラブレターをエア・メールで送ってくれましたが、結婚後は一度もありませんでした。

そんな彼からの十数年ぶりの手紙でした。でも、その中には私が知りたくないシュージの過去もたくさん書かれていました。

日本人女性観光客との頻繁な肉体関係、ブラジル女性との浮気、そして私と結婚する目的が、グリーン・カードだったことなどなど……。彼を信頼しきっていた私にとってはまさに寝耳に水、心穏やかではいられませんでした。

何で死が迫った今になって、こんなことを私に言うのだろうか？

ジャパニーズ・アメリカンである私には、理解に苦しむことでした。小心で、優柔不断で、見栄《みえ》っぱりで、金銭感覚がルーズで、理解できない所もたくさんありましたが、私の中のシュージは、家庭的な善《よ》き夫であり、ケントとサラの善き父でした。

それなのに、なぜ、彼はあのような手紙を書いたのでしょう。

やっぱり人は人生の終わりの扉の前に立たされた時、今まで自分がしてきた罪に、自責の念を感じるものなのでしょうか。

私にとって、死はまだまだ遠い所にあり、日々、ケントとサラの子育て、レストランの仕事と忙しいので、シュージがしたようには、死について深く考える余裕はありません。

彼はなぜ、あんな恥をわざわざ自分の最期《さいご》の時に語ったのでしょう。

普通のアメリカ人の女性だったら、怒って葬式もキャンセルしてしまうかもしれないようなことです。

彼の裏切りは、神の前で誓った神聖な関係を一気に崩してしまうような酷《ひど》いものだったから。

私達はマウイのカフルイ・ユニオン・チャーチで挙式しました。

その時、牧師のスティーブがこう宣言しました。

「あなた達は、健やかなるときも、病めるときも、お互い支え合い、愛し合いますか？」

彼も私も厳粛な気持ちと決意をこめて、「イエス、アイ、ドゥ」と答えました。

リングを交換し、唇を重ね合ったとき、シュージの唇が緊張のあまり、小さく震えていたのを今でもはっきり覚えています。

でも、あの時既に嘘《うそ》をついていたんですね。

マウイの田舎でのんびり育った私は、当時から精神的に幼くて、人は〝疑う〟ものではなく〝信じる〟ものでした。だから、何の疑いもなくシュージの語るありのままを信じ、受け容《い》れていたのです。

あの手紙を私に渡したとき、彼は吹っ切れたような、爽《さわ》やかな笑顔をしていました。目は落ち窪《くぼ》み、体重も減り、明らかに体調は悪そうでした。病はすぐにでも私たち親子の前から、彼を連れ去りそうでした。しかしなぜだか、彼は今までにないほど穏やかな表情で、私たちに接したのです。

長いこと探していた物がやっと見つかったような、あるいは故郷に帰った時のような安らかな雰囲気に包まれていたのです。

そんなシュージを見ていると、彼に対する憎しみ、怒り、不信、憤《いきどお》りといった感情は私の心からは不思議と湧《わ》いてきませんでした。

普段の私なら、決して平常心ではいられなかったでしょうし、絶対に許せなかったと思います。自分達のこの十数年の結婚生活は何だったのって、彼を責め立てたに違いないのです。

聖書には「神のなさることは、時にかなって美しい」とありますが、ご存知でしょうか？　多分これも〝時〟だったのでしょう、私は彼のことをより一層愛《いと》しくなってしまったのです。どうしようもないほどの慈《いつく》しみの感情が心の奥底から湧き出してきたのです。

突然の病に振り回されて、荒《すさ》みきっていた私の心はすっかり吹き飛び、残された貴重な時を大切にしよう、愛の限りを尽くそう、すべてを許してシュージに仕え、愛し合おうと決心したのです。

死を前にした人間の心の中には、ふたつの感情しか湧き出して来ないと、彼は言っていました。あらゆるものへの感謝、すべての人に対する共感だそうです。

夏の貿易風が吹き荒れるあの日までの三カ月間、彼はその感情そのままに生きました。

純一さんたちは、あのイエローのスマイルTシャツをご存知ですか？　彼はあのTシャツに描かれたスマイル君そのものでした。

普段は夕食の食卓を一緒に囲むことは稀《まれ》だった我が家でしたが、その日からシュージ、サラ、ケントと皆が揃《そろ》いました。シュージのアイデアで、アウトレットの家具屋に行って、真ん中にひと回り小さい丸テーブルがついた、中華料理の丸いダイニングテーブルを手に入れました。私がお皿をそこに載せると、サラやケントは喜んで回し、シュージの前へ、そしてサラやケントの前へと料理が運ばれてきます。くるくると回るたびに、子ども達は楽しそうにはしゃいでいました。

結婚して子どもを授かってから、味わったことのない、家族の心が一つになった団《だん》欒《らん》でした。

ときには、シュージがタコスを作り、みんながサラダやレタス、メキシカンチリビーンズなどを好き勝手に皮に包んで、丸テーブルをくるくる回して、楽しく食事しました。タコスは彼が初めてハワイに旅した時に食べて感動した、思い出の料理なのです。

そんな平和な日々を送っていると、彼の病はマウイに吹き始めた季節風と共にどこかに吹き飛んでしまったのではないか、もう大丈夫なのではないか、と私は勝手に期待していました。

実際、彼も比較的元気で、レストランでランチの手伝いをしたり、子ども達が幼稚園から帰って来てから一緒にトランポリンで跳びはねたり、シュノーケリングに行ったりして遊んでました。クラのフラワーガーデンにも行って、ジャクソンカメレオンを手に取り、「これは、パパが道端で見つけて、ここに寄付したんだぞ。すごいだろー」なんて、誇らしげに子ども達に威張っていました。

ケントも「ダディってすごいなー、こんな角のあるカメレオン、素手で捕まえちゃうんだー、すげー、すげー」と喜んでいました。サラもマンゴーを拾って「ダディ！これ食べる？」なんて嬉《うれ》しそうに訊《き》いていました。

それは私にとって、とても幸せな時間でした。シュージと結ばれて本当に良かった、と神に感謝しました。

でも、時折シュージはふっと思い詰めた顔をして、答えの探し出せない大きな問題を抱えているようでした。

ある夜、ケントとサラの寝息がスースーと聞こえてくる静かなリビングでのこと。思い切って「何か悩みでもあるの？ 身体《からだ》がしんどいの？」って尋ねてみました。

彼はしばらく黙り込んで、私の問いかけが聞こえていないかのようでした。

ＣＤプレイヤーから、静かな独唱が流れてきました。

それは、二百年以上前に作られ、今でも色々な人にカバーされている、〝Amazing Grace〟という名曲でした。

その美しい響き
私の心に恐れを教えてくれたのも、あなたの恵み
そして、その恐れから解放してくれるのも、その恵み
多くの危険、苦難、誘惑を避けて
私たちはここまで来ることができた
ここまで安全に来られたのもあなたの恵みのおかげ
その恵みが私達を家まで導いてくださる

「そうか……」

シュージは呟《つぶや》き、表情が段々と明るくなっていきました。

私は彼の深い心の内を理解することができず、言葉を掛けることができませんでしたが、あの曲を聞いて以来、シュージのあの思い詰めた顔は、どこかに消えたようで

した。

ある日のこと。シュージは突然こう切り出しました。

「カイトボーディングをやってみたいんだ」

私は驚きました。

カイトボーディングは、カナハビーチに行くたび、目にしていたので知っていました。凧《たこ》を利用して風の力でサーフィンする、ウインドサーフィンに似た新しいスポーツです。かなりアクロバティックで危険なスポーツのはずです。体力も相当いることでしょう。

カナハでは、電信柱くらいの高さまで大ジャンプをしている若い人をよく見かけ、目が飛び出るほどの迫力がありました。確か映画「００７」の冒頭に、ジェームス・ボンドが乗って登場するシーンがあったと思います。

膵臓《すいぞう》ガンで弱った彼には、とても無理なスポーツです。

「今までやってきたサーフィンでいいじゃない」と私は彼を宥《なだ》めました。

でも、シュージの決意は揺るぎませんでした。

「オレ、始めるよ」

翌朝、彼はアロハ航空の朝便で、オアフ島のカイルアビーチに旅立って行きました。カイルアビーチにある、ロビー・ナッシュという世界チャンピオンが経営する、「ナッシュ・ハワイ」というカイト・スクールに入るためです。

ロビーは、この世界で常にトップとして君臨し続け、現役のプロとして活躍するだけでなく、今では自分のブランドを立ち上げ、セールスプロモーションや開発なども行い、世界狭しと飛び回る、多忙な毎日を送っているそうです。この世界で彼のことを知らない人はいないと言われる、カイトボーディング界のキング・オブ・キングスです。

シュージは一週間の体験レッスンを選び、カハラに住む友人のコテージを借りて、毎朝四十分かけてカイルアに通いました。

初めの数日は風が弱く、まずはビーチでカイトの動かし方のトレーニングをやったそうです。面積二平方メートルという、ダイニングテーブルほどの陸上練習用カイトでしたが、実際に風を摑《つか》んで上げてみると、もの凄《すご》いパワーで引っ張られるそうです。ハーネスという、腰巻きにフックがついているものに引っ掛けて、全体重をかけて押さえないと吹き飛ばされてしまう。

おまけに、一フィート程の短いハンドルバーの操作をちょっとでも誤ると、ギュイーンとカイトは暴れ出し、手の付けられないセントバーナードを散歩させているかのように引きずられ、とんでもないことになってしまうと、受話器の向こうで彼は熱っぽく語っていました。

シュージは熱心でした。

レッスンは通常一日二時間ほどで終わるのですが、彼は朝のレッスンが終わっても、夕方まで、まるでおもちゃを手にした子どものように、夢中になってビーチでカイトを操っていたようです。

「ビーチでのカイトコントロールを完璧《かんぺき》にこなせなければ、海に入っても何も意味がない」と、インストラクターのデイブに言われたからです。

実際、体験レッスンで来たある大柄の白人は、デイブの言葉に耳を傾けず、すぐにあんな風に走りたい、と海に入っていきましたが、ボードに乗ることはおろか、カイトのあまりのパワーにただ引きずられ、最後にはビーチに叩《たた》きつけられ、肩を脱臼《だっきゅう》してしまったそうです。

「カイトコントロールは、少しずつきちんと習得することが大事。小心者でも、アグレッシブ過ぎてもダメ。よーく風や波を読んで、状況をしっかり把握して、スマートにいこう。ＯＫ？　シュージ」

その一週間で、シュージは何と海の上でボードに乗り、行って帰ってくるくらい乗りこなせるようになっていました。

ひどく熱心に練習に励む痩《や》せこけた東洋人は、あのキング・ロビーの目に留まり、自らレッスンをしてくれたうえ、初心者用のハウ・トゥ・ビデオをプレゼントしてくれたのだそうです。昼間は体力が許す限り海に出て、夜は友人のコテージでロビーのビデオを何度も何度も観《み》て研究したと、誇らしげに語っていました。

カイトの腕が上達するのと反比例して、シュージの身体は確実に病に侵されていきました。その頃からめっきり食欲がなくなり、微熱が続き、背中やお腹に奇妙な痛みが始まったようでした。

マウイのカフルイ空港に久しぶりに戻ってきた彼は、カイトバッグを右肩に、左にはロビーから勧められたスペシャルボードを抱え、日に焼けて満足そうな表情を浮かべ、威風堂々とエスカレーターを下りて来ました。

久しぶりに会う彼は明らかに痩せこけていて、目は落ち窪《くぼ》み、隈《くま》ができていましたが、その瞳《ひとみ》は穏やかで生き生きとした不思議な輝きに満ちていました。

その輝きを前にすると、「大丈夫、無理し過ぎちゃったんじゃないの？」というネガティブな言葉をかけることは躊躇《ためら》われました。

マウイに帰ってきたシュージは、目に見えて体調が悪化しているようでした。一日中ベッドに横たわる日が多く、医師から処方されたモルヒネの錠剤が欠かせなくなり、痛みの酷《ひど》い背中には、モルヒネのステッカーも貼《は》りました。

私はどうしていいかわからず、弱っていく彼の傍らでただおろおろするだけでした。日本のがんセンターの先生にまで電話をしましたが、色好《よ》い返答は得られませんでした。

あのくるくる回るチャイナテーブルを、ケント、サラ、シュージ、と家族皆で囲み、笑いながら夕食を共にすることなど、今となっては夢のまた夢。

まだ幼いケントは、幼稚園で描いてきた三本の立派なツノの生えたジャクソンカメレオンの絵を持って、シュージに「見て、見て、ダディ」と何とか励まそうとしています。サラも「ダディ、背中が痛いの？　私が痛いの痛いの飛んでけってやったげる」と、シュージの横たわる元へ自然と寄って行きます。

痛みを堪《こら》えながら、彼は声を出すのも辛《つら》そうで、痩せた手で、サラとケントの頭を撫《な》でてやっています。

その時、彼は私に、こっちに来いと手振りをしました。

彼は私とサラ、ケントを前にして、力を振り絞ってソファにしっかり座りました。

「ダディは今、痛みと闘っている。いつも痛いわけじゃないけれど、身体はポンコツのアメ車のようになっちまった。だから、いつものようにみんなに優しくできないかもしれない。ケントの絵を誉《ほ》めて上げられないかもしれない。サラの歌うお祈りの歌を笑顔で聞いて上げられないかもしれない。時には痛みに耐えるのに必死で、ダディは辛く当たってしまうかもしれない。だけど、みんな、わかってくれ。別にダディは皆を嫌いになったわけじゃないんだよ。病気で自分をコントロールできなくなっちゃったんだよ」

彼の目から涙が溢《あふ》れてきました。

「でも、みんなが大好きだ。いつも大事に思っている。そのことは変わらない。忘れないでいてほしい」

そしてシュージはサラとケントを両膝《りょうひざ》の上に抱き寄せ、しっかりと抱きしめました。

それからは、子ども達はシュージに「ねえ、ねえ」と無遠慮に近づいて行くことはなくなりました。

その代わりに、サラは静かで優しい感じのお祈りの歌をCDで流すようになりました。それは、幼い彼女なりに考え出したヒーリングだったに違いありません。

ケントはダディと過ごした時のことを思い出し、キャンバスにたくさん絵を描き始めました。一緒にバーベキューをしている絵、パパとフラワーガーデンを散歩している絵、その中でも色使いが素晴らしく躍動感に溢れた絵は、何と言っても青い大きなクジラの絵でした。ケントはそれらの絵を、ダディがベッドから眺められる壁や窓に、次々とテープで貼り付けていきました。

シュージは熱ぼったい目で、その絵を眺めては無言で微笑《ほほえ》んでいました。


ある日、ケントが私に「ねえ、ねえ」とすり寄ってきました。

また日本のアニメマンガかディズニーの映画にでも連れて行ってほしいと言うのかと思いました。

私は「何？　何が欲しいの」と尋ねました。

するとケントは「連れて行ってほしいところがあるの」というのです。

初めは訝《いぶか》しく思ったのですが、あんまりしつこく言うので、「じゃあ、明日のランチの後に連れて行ってあげる」と約束しました。

ケントはとても嬉《うれ》しそうでした。なにやらゴソゴソとクレパスを用意していました。

翌日、ケントの提案で行った先は、カナハビーチパークでした。季節風が北東の方向から勢いよく吹いています。海面は白波でいっぱいです。

ウインドサーファーやカイトボーダーが、所狭しと水を得た魚のように自由に飛びまわっています。夕日のように綺麗《きれい》なオレンジ色のカイト、白とブルーの涼しげなカイト、ブラックとオレンジのちょっと恐《こわ》そうなカイトが、三十メートルの空中にたくさん揺れ動き、ボーダー達が細いラインを巧みに操り、ジャンプを繰り返しています。

ケントはというと、幼稚園のバックパックの中から画用紙を取り出し、クレパスでその風景を描いています。

マアレアハーバーの西の海に夕日が沈み、季節風が落ちかけた頃、ケントは「よしっ！」と満足げに画用紙を閉じ、大事そうにしまいました。

私達の住むこのマカワオの家はハレアカラ火山の中腹にあり、どの部屋からもノースとサウスの海が見渡せます。ベッドで目を覚まし、ブラインドを開ければ、今日の風と波がどれくらいのものか、すぐにわかるのです。

シュージはオアフから帰って来てから、ベッドに横たわり、痛みに耐えつついつもノースの海の様子を眺めているようでした。

この日の朝は、白い縁のフランス窓の片隅に、ケントの作品が一つ増えていました。二十六色すべてのクレパスを使ったその絵は、色彩豊かでカイトボーダーやウインドサーファーが楽しそうに駆け回り、背景の海とウエストマウイマウンテンに大きな虹《にじ》がかかっています。沖にはクジラの親子らしいのも四頭泳いでいます。絵の一番手前には、シュージのピンクのカイトが空高く舞っています。

シュージは、その絵を暫《しばら》くじっと眺めていました。

シュージは口から食事を殆《ほとん》ど摂《と》れなくなってきました。マウイメモリアルメディカルセンターに、プロテインなどの入った栄養の点滴を打ちに通い始めました。二、三時間点滴を受けると、ほんの少し彼の体調はましになるように見えました。

カフルイからの帰り道、彼はいつも「カナハへ寄ってくれ」と頼んでは、車の中から空を自由に舞うカイトボーダー達を、食い入るように眺めていました。

ある時、もの凄いジャンプを見せたピンクのカイトの男が、ビーチに上がると、筋肉隆々の身体《からだ》を揺らしながら、こちらに近づいてきました。

「ちょっと待ってて」とシュージは言い、車から降りて彼の方に向かって、ゆっくり

ゆっくり歩いて行きました。

優しそうな目をした白人の男の前に立った彼は、右手を胸の前に弱々しく上げて、サーファースタイルの握手をしました。

それは、オアフのカイルアからビデオ撮影のために来ていたキング・ロビーでした。

シュージは何やら拙《つたな》い英語で熱心に話しています。この数週間であっという間に痩せ衰えたシュージの姿に驚きつつ、ロビーは彼の話を真剣に聞いているようでした。

シュージの後ろ姿、ロビーの真剣な眼差《まなざ》し、飛び交うボーダー達、風の音の中で、静かに時が流れていきました。

暫くしてロビーは納得したように頷《うなず》き、太くて力強い右手を、痩せ細ったシュージの肩に回し、ぎゅっと力を込めました。

シュージは満足したように彼と別れ、車に帰って来ました。

ロビーは大きな声で言いました。

「そのときが来たら、すぐに連絡するよ。いいか？」

シュージは後ろ向きのまま、点滴の黒ずんだ跡がついた右手を軽く上げて応《こた》えました。

季節風が毎日吹き荒れ、シュージのベッドの窓からも、力強い白波が見えました。まるでたくさんの白ウサギが海で遊んでいるように、白波は力強く、厳しく感じられます。強風が吹き荒れる海を眺めては、彼は溜《た》め息を吐《つ》いていました。

衰え果てた彼は、ある夜ベッドに横になり、呟《つぶや》きました。

「もう俺は光に出逢《であ》えないのかな……」

「ヒカリ？」

理解できず聞き返しましたが、彼は疲れた様子で、返す言葉もなく、しばらくするとスースーと眠りに落ちていきました。

その三日後。

ハレアカラの山に高い雲がかかり、薄い雲は、マウイの青く透き通った空から少し先を、静かに遮っていました。それゆえ標高千五百メートルにあるマカワオの我が家からは、ノースの海はガスがかかってよく見えません。

午後のことです。

メモリアルメディカルセンターで栄養剤の点滴を終えて家に戻ると、留守電の丸く小さなランプが点滅していました。それを見たシュージは何かを察したようで、すぐにボタンを押してメッセージを聞きました。

「一件です」というのんびりとした男声の電子音が流れます。彼はもどかしそうに再生ボタンを押しました。

「ロビーだ。準備は出来てるか、シュージ？ カナハビーチパークで待ってる」

彼は水をくれと言い、私がそれを渡すと、モルヒネの錠剤を取り出し、いつもの倍の量を飲み下しました。

優しい声で、

「リサ、ケントとサラを迎えに行こう」

と言いました。

私はただならぬ彼の緊張した気配と、何かを覚悟した真剣な眼差しに、無言で頷き、シュージの手を取って車へと向かいました。

彼の気まぐれで買った、黒のフォードのエクスプローラーに乗り、ハイクの学校に車を走らせ、ケントとサラを拾うと、

「カナハビーチに行ってくれ。急いで！」と彼は叫びました。

私はノースショアの海岸に沿った一本道を猛烈に飛ばしました。

フキーパビーチ、レインツ、ママスフィッシュハウス、パイアベイ、と遠くの海を

じっと見つめる彼の目が、生き生きと輝き始めます。

カナハの風はいつものようにマウイの力強い季節風ではなく、張り出してきた高気圧の影響からか、幾分弱く、波も殆どなく穏やかでした。

「よし、カイルアと同じ風だ！」と、彼は呟きました。

エクスプローラーのドアを開けて、黒に髑髏《どくろ》のマークの入ったモンスター・ヴァンの脇《わき》に佇《たたず》むロビーの方へ歩いて行きました。

二人は笑みを浮かべて、サーファースタイルの握手を軽く交わしました。ロビーは何も言わず、ただ車から真っ白い新品のウェットスーツを取り出し、シュージに渡しました。そして彼の仲間達に何やらサインを出しました。
五、六人の健康で屈強そうな男たちが、ビーチに向かって走り出します。その横で、シュージはゆっくりとオフホワイトのウェットスーツを着込んでいます。
ビーチには三種類のカイトがセットされ、ロビーの仲間達は、その大きな大きなカイトをゆっくりと慎重に揚げていました。

五メートル間隔で三つのピンクのカイトが三十メートル上空に浮かび、仲間達がしっかりとハンドルバーを握りしめ、ニュートラルポジションでスタンバイしています。

ロビーが用意してくれたシュージのためのオフホワイトのウェットスーツは、ちょっとぶかぶかとして、まるでその姿は、体験ダイビングに来る観光客のようでした。ロビーとシュージは彼のモンスター・ヴァンの中に乗り込みました。ロビーは彼に何やらコンディションのことや、カイトの操作などを身振り、手振りで教えています。しばらくしてインストラクターのデイブが窓をノックしました。

「シュージ、俺は普段はこんなものはやらん。だけど今日だけはお前には必要だと思って、手に入れて来た。その辺の粗悪品とは違うぜ!」と言って、ジッポで火をつけ、彼に渡しました。

彼はゆっくりと頷き、それを摘《つま》み、静かに厳かに吸い込みました。礼拝の時の葡萄《ぶどう》の液を飲むような神聖さでした。彼はその心地良い香りの煙に包まれ、ロビーの説明を聞いています。

二人は車から降り、ひとつひとつのカイトを握り、体重を乗せて、どのサイズにするか丹念にチェックしていきました。ハーネスをつけ、ぐいぐいとハンドルバーを握りしめる薄く青白い背中に、段々と力が漲《みなぎ》っていきました。

彼は大、中、小、と三つのサイズの中から一番大きな〝大〟を選びました。ロビーは彼の目をじっと見つめて首を横に振りました。

そして指笛で〝フィーッ、フィー〟と仲間に合図しました。するとそこら中で次から次へと〝フィーッ、フィー〟と指笛がこだまのように、仲間から仲間へと、海の上にも伝わっていきました。

海に、三十メートルくらいの幅の沖へと続く道が現れました。百人近いボーダーで賑《にぎ》わうビーチでは、信じられないことです。まるでそれは、神がユダヤの民とモーセのために海を切り開いたような光景でした。

百人近いボーダーは風上と風下に一斉に移動し、真ん中の海を彼のために与えてくれたのです。シュージのために用意された天国への階段のようでした。

ロビーがミドル・サイズのカイトを選び、固定しました。波打ち際《ぎわ》の白砂のビーチで、彼は静かにボードを履いていました。それは彼がカイルアで一週間を共にした、白をベースに真紅の十字架がエアーブラシで描かれた、ロビーのお下がりのカスタムボードでした。

バインディングの紐《ひも》をしっかりと結んだ後、シュージは私達を呼びました。そして風下に倒れている大木を指さし、

「あそこのビーチぎりぎりの所に立っていてくれ」と言いました。

サラ、ケント、そして私もただならぬ雰囲気に圧倒され、ただ頷くだけでした。

「くれぐれも危ないことをしないでね」との言葉が口から湧《わ》き出しそうでしたが、グ

ッと堪《こら》えて、眼で「頑張ってね」と合図するのが、私にできる精一杯のことでした。

サラとケントの小さな手を両手に握りしめました。

ロビーが三十メートル上空に揚がったカイトを、しっかりハンドルバーで握りしめながら、ゆっくりとこちらに歩いて来ます。

シュージにそのハンドルを慎重に渡し、ハーネスラインに固定しました。

「いいか、シュージ。無茶するんじゃないぞ。チャンスは一回しかない。リラックスして、行って来い。お前なら必ず出来る！」

ロビーは励ましの声に続いて、「ついてこい！」と、一番大きなカイトを握り、素早く右、左に振り、一気にビーチから人の背の二倍くらいのジャンプをして海の上に降り立ち、沖に向かって颯爽《さっそう》と走り出しました。

シュージはこちらを振り向き、あごで「あっちの大木の方へ」と促し、左の瞼《まぶた》をゆっくり閉じてウインクしました。それは元気だった頃によく見せたシュージ独特の笑顔でした。そしてカイトを右に、左にゆっくりと振って、海の上を走り出しました。

私達が初めて見る、彼のカイト・ボーディングの勇ましい姿でした。

私は両手で子ども達を引っ張るように、風下の大木のビーチ際の所に小走りに走りました。

誰も彼を遮る者のない海でロビーに先導されたシュージは、まるでプロのようにスムーズにカイトとボードを操っていました。沖の波間でのターンも見事に決まりました。

ピンクの大きなふたつのカイトが水面近くに浮かび、その三十メートル後方に細いラインでつながれたハンドルバーを握った二人が海を滑っていました。

まずは、ロビーが私達の前に、スポーツカーのように静かに猛然と突っ込んできました。そして、水面近くにあったカイトが空高く舞った瞬間、ロビーの身体が空高く舞い上がりました。その高さはビーチにある椰子《やし》の木の頂にも届くほどのビッグジャンプで、浜辺のギャラリーからは、〝ウォォー〟〝ヒューッ〟と地鳴りのような歓声が湧き起こりました。

ロビーは遥《はる》か空の上から振り返って、後ろから走ってくるシュージに向かって、

「来いっ!」と合図を送りました。

シュージはその大ジャンプに触発され、ボードを風上一杯に走らせ、カイトに風を充満させました。

次の瞬間、限界まで風を孕《はら》んだカイトを空高く振り上げ、ビーチギリギリの所で、見事なタイミングで彼は空高く舞い上がったのでした。

ちょうど私たちが立っている十メートルほど前です。私達は空高く見上げ、彼を追いました。

どれくらいの間、彼は空に舞っていたでしょうか。ボードの裏側に描かれた真紅の十字架が、青い澄みわたった空に鮮やかに浮かんでいます。そのさらに三十メートル上空には、ピンクのカイトがキラキラと水をはじいて輝いています。

さっきまで、メモリアルメディカルセンターのベッドの上でぐったりと寝て点滴を打っていた人とは別人のようです。

ロビーの大ジャンプに比べたら、シュージのそれはほんの五分の一くらいのものでしたが、その美しい光景は、ケントやサラの目にも、くっきりと刻み込まれたに違いありません。

それが、彼の最初で最後のジャンプでした。

その直後、カイトのコントロールを誤ったシュージは、私達の風下側の水際に落下し、身体《からだ》ごと叩《たた》きつけられました。さらに、ハーネスが外れなかったために、彼は凧をはらんだままのカイトに、ビーチの上へとずるずると引きずられていきます。その目の前には、大きな流木が横たわっていて、このままいくと彼はぶつかってしまいそうです。

私は咄嗟《とっさ》のことで、ただ「キャー」と子ども達を抱えて叫ぶだけで、狼狽《うろた》えていました。

すると、すでにビーチに上がっていたロビーが、白砂の上を猛然とダッシュしてきました。

左手でシュージのハーネスをしっかりと掴《つか》み、右手で自分のハーネスからナイフを取り出し、細いラインをスパッと切り裂きました。カイトから風が抜け、彼は流木の一歩手前で止まりました。

顔面蒼白《そうはく》の私たちは、弾《はじ》かれたように走り寄りました。

彼は全身を打撲して動けないようでしたが、意識はしっかりとしていました。オフホワイトウェットを着た彼は、空の高いどこか遠い所を見つめていました。何とも言えない満足した穏やかな笑顔で、眩《まぶ》しそうに空を眺めています。

ケントとサラが彼の両手を取り、私も彼の傍らに跪《ひざまず》き、濡《ぬ》れた髪をゆっくりと撫《な》でました。

言葉は出ませんでした。

彼の穏やかな微笑《ほほえ》みは、すべての憂《うれ》いと心配を、私の中から吹き飛ばしてしまうかのよう。

やがてサイレンの音が、遠くから聞こえてきました。

ICUに運ばれた彼は、骨折などもなく、幸い軽い全身打撲ということでした。ドクター曰《いわ》く、ビーチではなく水の上に落ちたので、クッションの役目をしてくれたのが良かったと。

しかしあれだけの運動をした彼は、激しく衰弱していました。病室のベッドで横になっている彼が、手招きをして私を近くに呼び寄せました。とても穏やかな顔で私の手を握り、掠《かす》れた小さな声で、彼は話し始めました。彼の口に耳をくっつけなければ聞こえないほど小さい声でした。

私は彼の右手を両手でしっかりと包み、一言たりとも聞き逃すまいと、神経を研ぎ澄ましました。

「リサ……。オレ、愛ちゃんの言っていたことがやっとわかったよ。確かに、神はいるよ。空に引き揚げられた時、明るくて優しい、何とも言えないオレンジ色の光に包まれたんだ。何て言ったらいいのかわからないし、言葉じゃ説明できないけど……。あれがお前がいつも食前に祈っているジーザスって人か、愛ちゃんの言ってたキリストさんかわからないけど、その光はとっても優しくて、安らかだったよ。あの光が天国へと導いてくれるんだろうな、きっと……。オレ、もう死は恐《こわ》くなくなった。あの光の中に行くんだったら、もう何も心配がなくなった。

日本のがんセンターで宣告を受けたあと、残された期間でリサや子ども達に、何ができるか考えに考えてきた。大口の生命保険には今さら入れないし、ビジネスや家、車、そんなものも、いずれは朽ち果てていくものだし……。

結局自分が死んでからも残るものって、〝人に与えたもの〟それだけだ。その中でも大事なことは〝目に見えないもの〟だっていうことに気がついたんだ。

でも、何かを与えるにしても、オレに残された時間はあまりに短すぎた。子ども達と旅行に行くにしても、何にしても……。絶望したよ。

そんな時、日本のがんセンターで愛ちゃんが言っていた〝天国に行けばまた逢《あ》えるよ〟って言葉が突然頭に浮かんできたんだ。お前もそれとよく似たようなことを言っていたけど、天国でまたリサ、サラ、ケントに再会したら、今度は自分の事はもうどうでもいいから、どんどん与えて、優しくして、愛し尽くそうって思ったんだ。

でもオレって疑《うたぐ》り深い性格だろ。愛ちゃんやお前の言う事を信じよう、信じたいって思ったけれども、どうしてもダメだった。

素直になれないんだよ……。オレって人間は。だから良く分からないけれど、体験してみようかなあってな、思ったんだ」

私は「もう、そんなに話さないで」と心で叫びましたが、その反面「全部話して」という思いも、心のどこかにありました。両手で彼の右手をさらにギュッと握りしめると、掠れた小さな声はさらに小さくなっていきました。

「その時だ、カナハでカイトボーダーが空高く引っ張り上げられるようにビッグジャンプしているのを見たのは。一発で〝これしかない〟と感じた。

後はお前の知っている通りさ。

カイルアで、一週間経《た》ってある程度乗れるようになった後、あのキング・ロビーがたまたまショップにいたから、思い切って相談してみた。

『一生に一回でいいからジャンプしてみたい』ってね。

ユダヤ系アメリカ人の彼は、俺の語った言葉を静かに素直に聞いてくれた。もちろん、身体のことも全部話したよ。

ロビーはこう言った。

『ジーザスのことはよく分からない。でも、〝神〟、そう、この風や海、波を創った創造主は絶対にいる。お前が信じようと、信じまいとね。シュージがその創造主に出逢いたいなら、俺は協力するよ。君の住むマウイには撮影なんかでちょくちょく行くから、ベストな日にベストなカイトでビッグジャンプを決めようぜ！』

面識も何もない、ただの東洋人のために、彼はすぐさま約束してくれた。彼が誠実で嘘《うそ》などつくタイプの男でないことは、雰囲気と目の輝きではっきりと分かったよ。店に所狭しと置かれた、光り輝くトロフィーの山とか、彼が乗る三台のスポーツカーとか、そんなこととは関係なくて、小さい約束もきちんと守る、そういう男であるということが彼の目の光を通して伝わってきたんだ。

オレは安心してマウイに戻り、その日をじっとひたすら待っていた。

別れ際にロビーからきつく言われたことが一つだけあった。

『シュージ、風を甘く見るな。自分勝手に海に出たやつは、みんな痛い目にあっている。岩に叩きつけられて、命を落とした奴《やつ》だっている。だからシュージ、お前はただベストな日が来るのを、子どものようにじっと待て。その日が来たら俺が知らせる。いいか、ただじっと待っているんだぞ。天高く舞うお前の姿をイメージしてな』

オレは元々天《あま》の邪鬼《じゃく》だから、人からするなと言われるとなぜかムズムズとしたくなる性格だろ。でもこの時は違った。

痛みと戦いながら、ベッドルームの窓から毎日海をチェックしていた」

そこまで話すと、シュージはすべてのエネルギーを使い果たし、目を閉じてしまいました。私の心の中は、このままずっと話を聞いていたいという思いと、少しでも休んで身体を回復してほしいという気持ちが複雑に交差しました。

もう午後十一時を過ぎて、院内は静まり返り、病室の大きな窓からカフルイの夜景と、時おりジャンボジェットの灯りが、夜の星達の中に一気に上っていくのが見えました。

そのとき彼が私の手を、弱々しい手で握ったような気がしました。口をパクパクさせています。私はまた耳を彼の口元へ持っていきました。

「リサ、あの手紙……。すまない、許してくれるかい?」

私は「ウン、ウン」と目に涙を溜《た》めて「勿論《もちろん》よ」と呟《つぶや》きました。

嬉《うれ》しそうな顔をした彼は、

「あの手紙、実は、オレが書いたんじゃない……。手紙屋の純一さんに、代筆してもらったんだ……。お前との間に、嘘は一つもありたくないから、言う。あれは代筆だ……。許してくれ……」

私はただただ止めどなく涙が溢《あふ》れ、

「いいの、いいの、そんなのどうだっていいの」と言い、彼の胸に顔を埋めて泣いていました。

それからはもう、言葉を発することも、目を開けることもなく、恐れていた昏睡《こんすい》状態に陥りました。私はおろおろしながら、ナースコールを押し続けました。

そのあとのことはよく覚えていません。

ナースがドクターを呼び、大変危険な状態にあることを告げられ、姉に電話して……。しばらくして、サラとケントがやってきて、彼のベッドの両側で心配そうな顔をして、跪いていました。まだ幼いサラは、手を組んで何かに真剣に祈っていました。

カナハの海から、少しオレンジ色がかった大きな朝日が昇る頃、モニターの画面の規則正しく波打っていたグリーンの一筋のラインが、夕凪《ゆうなぎ》の水平線のように真《ま》っ直《す》ぐに静かに一直線に変わりました。

彼は天へと昇っていったのです。

あれからどれくらい経つでしょう。

葬儀、相続の件で弁護士の所へ行ったり、子どもの送り迎え、レストランのランチの手伝い、津波のように押し寄せる現実の日々の出来事に、私はまったく忙殺されていました。

彼の死、彼との生活、彼が伝えたかったことなどをやっと受け入れ、振り返ることができるようになりつつあるのかもしれません。

彼のいないマカワオの家は売りに出し、レストランに近いワイレアに引っ越しました。ノースの海の見える所は、残された私たちにとっては、見るたびに彼を思い出して涙が出てしまうからです。

二つ寝室がある小さいコンドミニアムのリビングには、ケントの描いたあの絵を、流木で作った手作りの額に入れて飾ってあります。

子ども達は驚くほど早くダディの死を受け入れ、天国での再会を固く信じているようです。

子どもの持つ力って凄《すご》いですね。

それに比べて私って……。

ケントは将来ロビーのような優しくて偉大なカイトボーダーになると言ってますし、サラはダディのレストランで働くんだもん、なんて言ってます。

私の心は日々季節風に吹かれる椰子《やし》の木のように、右や左に揺れ動いているのが正直なところです。

何でもうちょっと、あと十年、いや五年、三年でもいい、シュージは一緒にいてくれなかったのかと……。

でも、それも〝時〟だったのでしょうね。

人は良い思い出、愛された思い出があれば、何とかこの辛《つら》い毎日も渡っていけるものですね。彼と過ごした最後の三カ月から教えてもらいました。

純一さん、愛ちゃん、みずほさん、手紙屋は守秘義務を守り通すってことでしたけれど、彼がすべて話してくれたので、一言ありがとうって言いたくて、お手紙を書きました。

本当は「心から感謝します」ってだけ書くつもりだったのですけれど、ついついこんなに長くなってしまいました。ごめんなさい。

でも、Ｈｅａｖｅｎの皆さんのご恩は一生忘れません。

あのお手紙、大切にします。

そして愛ちゃん、彼に〝永遠の命〟のこと教えてくれてありがとう。

手紙屋の皆さんに愛を込めて

リサ

読み終えると、ハワイからの分厚いエア・メールをテーブルにそっと置きました。

僕もみずほさんも、無言のまま俯《うつむ》いています。愛ちゃんはなぜだかとても嬉しそうです。

僕はボソッと呟きました。

「みずほさん、僕達のやってることって、少しは患者さんのためになっているんでしょうか？」

みずほさんは鼻をかみ、瞼《まぶた》を押さえながら言いました。

「そうですとも」

愛ちゃんが明るい声で言いました。

「天国でラッパが鳴ってるね」

「ラッパ？」

僕はきょとんとしていました。

みずほさんは嬉しそうな目に涙を浮かべて、愛ちゃんの澄み切った眼差《まなざ》しを見つめて、ウン、ウンと頷《うなず》いていました。

その日、珍しく夕方から予約が入っていなかったので、早めに店仕舞いすることになりました。愛ちゃんは月島のお父さんとお母さん、弟の待つ家へ、みずほさんは介護の母の所へ帰っていきます。

僕も、夏子と清海、晴海の待つ家へと、重い自転車のペダルを漕《こ》ぐ足に力を込めます。途中、波除《なみよけ》神社に立ち寄り、入り口の鳥居の前で静かに黙禱《もくとう》しました。

厳粛な気持ちになって境内に入ると、ふと目を遣《や》った掲示板には綺麗《きれい》な字で、こう書かれたメモが風に揺れていました。

あなたがたの悲しみは喜びに変わります

本当でしょうか？

くるりと振り返り、自転車に跨《またが》ると、夕日をバックに家に向かって再び走り出しました。

明けない夜はない

飯島寛子

「パパがいないのはさびちいよ。だって、肩車とかしてほしいし〜。でも、パパはこの中にいるんだよね」と、五歳になる三男の多蒔《たまき》が小さな自分の胸を叩《たた》いた。

夫・飯島夏樹が天国に召されてから、もうすぐ二年になる。四人の子供たちは皆、少しずつ成長し、天国に行った父親をそれぞれ自分なりに理解している。子供たちが大きくなってこの『天国で君に逢《あ》えたら』を読んだとき、本当のパパの気持ちをわかってくれるに違いない。

二〇〇四年三月に書き上げられたこの小説には、夏樹の思いがすべて詰まっている。夏樹自身が約一年間入退院を繰り返したがんセンターを舞台にした小説だが、本来重く描かれがちな「生と死」というテーマを、「ユーモア」と「清々《すがすが》しさ」を交えて綴《つづ》っている。闘病中は苦しかったはずなのに、痛みが激しかったはずなのに、夏樹がこんな爽快《そうかい》なストーリーを描けたのは、正直私にはいまだに奇跡としか思えない。

夏樹がガンを宣告された二〇〇二年五月。プロウィンドサーファーとして世界の風と波に乗り、病気などとは無縁だった夫がガンだなんて、どうしても信じられず、夏樹が仕掛けたドッキリであって欲しいとさえ希《のぞ》みつつも、もしそれが本当なら今後どうしていけばいいのか、私は全く前が見えなくなってしまっていた。

当時グアムに住んでいたが、現地ではまともな手術などとても期待できなかったため、日本に一時帰国して手術を受け、その後、夏樹は月に一度くらいのペースで一人で検査のためにグアムと日本を往復していた。

そのたびに医者から告げられるのは、「経過観察」。手術でガンを取り除いたはずだが、ガンを克服したというにはもう少し検査が必要だから、様子を見るというものだ。この、前に進むことも後ろに退《ひ》くこともできない宙ぶらりんの診断結果が、生来非常に行動的だった夏樹の心を大きく乱し始めた。当時私ははっきりとは気づいていなかったが、この頃から夏樹のうつ病は始まっていたのだった。

こんな状態の中、私たち夫婦は大きな決断をする。医師の勧めで肝移植を受けるために、現地でのビジネスも、八年過ごした我が家もすべて引き払い、思い切ってグアムから日本へ帰国したのだ。当時八歳だった長女の小夏がグアムの友達と離ればなれになりたくないと言って、機内で泣きじゃくっていたが、夏樹の命には代えられないと、心を鬼にして日本に降り立った。

だが、念のため、本当に念のために、別の病院でセカンド・オピニオンを求めると、「このケースには肝移植は適さない」という診断。私は夏樹がガンであると告知されたときと同じように、その瞬間、頭が真っ白になってしまった。

「今さらグアムに帰っても、家も仕事もない。これもガンになってしまったから仕方がない、ということなのか」

私たち夫婦は、人生の終わりという暗闇《くらやみ》に突き落とされたようだった。

それからというもの、彼のうつ病は見る見るひどくなった。八王子のアパートで一日中ふとんの上で寝たまま起きあがってこない。強引に起こして外に連れ出しても、ヘッドフォンをしたままずっと俯《うつむ》いている。子供たちに「パパ、ずっと寝てる」と言われても、表情一つ変えない。

そんな夏樹を見かねて、私は図書館に行って、うつやガンに関する本を借りてきて読みあさっては夏樹に話しかけ、かつての夏樹を何とか取り戻そうと試みたが、彼の心は一向に変わらなかった。

そんな中、ひと筋の光が差し始めた。二〇〇三年十二月、肝生検（肝臓の細胞を抜き取る検査）の結果、新たにガンが見つかり、もう一度手術を行うことになったのだ。「ガンが見つかって、光が差す」なんて変な話だが、夏樹にとっては、ガンがあるか否《いな》かということより、自分が自分らしく生きられるか否かが重要であった。その手術がどうなるかわからない。病状が改善するかもしれないが、失敗してその場で天国行きになるかもしれない、開けてみて手の施しようがないと判明するかもしれない。ただ、たとえそうであっても、何もしないでいるよりはマシだと夏樹は考えていた。「経過観察」という鎖で繋《つな》がれた状態から解放されたことで、不思議なことに夏樹は一気に元気になり、自分らしさを取り戻したのだった。

その後、手術までの数カ月間、夏樹はほとんど毎週のように築地《つきじ》の国立がんセンターに通っていたが、何を企《たくら》んでいるのか、ボイスレコーダーを片手に病院の隅から隅まで隈《くまな》無く見学し、先生やナースを捕まえては自分の病状と関係ないことまで根掘り葉掘り聴き、さらにそれが終わると、今度は病院前の築地市場を歩き回った。まるで通院するのを楽しんでいるようだった。

そんなことを繰り返していたある日、病院帰りにいつもそうしていたように、所属事務所へ立ち寄り、社長室のソファーに横になりながら、夏樹はある物語のストーリーを嬉《うれ》しそうに、そして一気に語り始めた。ストーリーは、もう細かなところまで、ほとんど全部できあがっていた。それが今思えば、この『天国で君に逢えたら』だったのだ。私はようやく、病院見学や医者への質問もすべてこのためだったのかと合点が行った。

「僕は書いている時が一番嬉しい。楽しくてしかたない。だから、子供たちに僕の文章を残す」

夏樹はそう言って、そのストーリーを綴ることに没頭し始めた。毎朝夜が明ける前に家を出て、近所のファミリーレストランまで歩いていき、そこでモーニングを食べながら、決してきれいとは言えない字でコツコツと書き上げていった。それは、書くというよりむしろ、今まで貯《た》めていたものをプリントアウトしているようで、夏樹はいっさい迷うことなく、ただひたすらに紙にむかっていた。

夏樹の祖母は郷土史家で、母は地元の子供たちに読み聞かせなどもする書店員だった。そのせいか、夏樹は昔から読むことだけでなく、書くことも大好きで、現役当時はウィンドサーフィン専門誌で二年間毎月エッセイを連載していたが、それとは別に結婚当初から毎朝何か日記のようなものも書いていた。私は、かつてのように、夏樹が早起きする姿を見るのが嬉しかったし、何より彼が大好きな物書きに一生懸命になっている姿に心躍らされた。

「やっと天職に巡り逢えた気がする。最近、病院とか医者の取材もしたけど、これまでの人生すべてが、この物語のための取材だったのかな」

夏樹は、本当に奇跡のように、わずか三週間でこの『天国で君に逢えたら』を仕上げたのだった。

奥さんにずっと嘘《うそ》をついていた陸《おか》サーファー、経過観察という生殺しを強いられた板前、妻がガンになったと知りパニックになってしまう眼科医、なぜか人の心を読み取ってしまう少女、そして気弱だけれど文章だけは得意な精神科医などなど、仕上がった『天国で君に逢えたら』を初めて読んだとき、「夏樹は登場人物みんなになりきっているなあ」と思った。私は、ガンは確実に進行しているのに心はどんどん元気になっていく夏樹を見ているうち、夏樹自身の中で生まれ、同時に夏樹の心と筆を動かし続けた個性的な登場人物たちが、彼に生き甲斐《がい》を与えているのかも、と考えるようになっていた。

夏樹は、私にとっては良き夫であり、子供たちにとっては良き父親であった。また、ワールドカップに八年間出場し続けた日本で唯一《ゆいいつ》のウィンドサーファーであり、グアムでマリンスポーツ会社を起業した実業家でもあった。そして、肝臓に腫瘍《しゅよう》をもったガン患者であり、それによって心に病をもったうつ病患者でもあった。夏樹の三十八年間の人生は、苦しく険しいこともたくさんあったが、そのすべてが夏樹にとっては必要なものだった。そして、そのどれが欠けてもこの小説は生まれなかった。

夏樹は、元々ユーモアたっぷりの人だったが、いろんなことを経験し、「死」という人間誰もが通る厳しい現実に人より早く直面したことで、かえってどこまでも優しい新たなユーモアが、夏樹に芽生えたのかもしれない。病気になったからこそ、人の痛みを知り、人の優しさを知り、生と死を真っ正面から捉《とら》えることができたのだと思う。そう考えると、病気になっても決して悪いことばかりじゃなかったと、私自身も今は確かに感じることができる。

病気に限らず、いろいろなことで苦しんでいる人が世の中にはたくさんいる。でも、決して悲観的になってはならない、苦しいことにとらわれて生を無駄にしてはならない、必ずどこかに光はある、明けない夜はないと、夏樹は死を前にしても、そう言いたかったのだと思う。

二〇〇四年七月三十日、この本が単行本として刊行されたその日、病院を抜け出した夏樹は新宿の書店に向かい、店頭で平積みされた本を見て、満面の笑顔でこう言った。

「この本を読んだ方々の心に、愛と優しさとちょっとした勇気の風が一瞬でも吹き抜けたら、僕はもう死んでもいい（笑）」

夏樹は夏樹らしく、最後に大きな仕事をして天国に行った。

（二〇〇六年十一月）

この作品は平成十六年七月新潮社より刊行された。

いしいしんじ著
ぶらんこ乗り

ぶらんこが得意な、声を失った男の子。動物と話ができる、作り話の天才。もういない、私の弟。古びたノートに残された真実の物語。

いしいしんじ著
麦ふみクーツェ
坪田譲治文学賞受賞

音楽にとりつかれた祖父と素数にとりつかれた父。少年の人生のでたらめな悲喜劇を貫く圧倒的祝福の音楽、そして麦ふみの音。

いしいしんじ著
トリツカレ男

いろんなものに、どうしようもなくとりつかれてしまうジュゼッペが、無口な少女に恋をした。ピュアでまぶしいラブストーリー。

江國香織著
きらきらひかる

二人は全てを許し合って結婚した、筈だった……。妻はアル中、夫はホモ。セックスレスの奇妙な新婚夫婦を軸に描く、素敵な愛の物語。

江國香織著
神様のボート

消えたパパを待って、あたしとママはずっと旅がらす…。恋愛の静かな狂気に囚われた母と、その傍らで成長していく娘の遥かな物語。

江國香織著
東京タワー

恋はするものじゃなくて、おちるもの——。いつか、きっと、突然に……。東京タワーが見える街で繰り広げられる狂おしい恋愛模様。

川上弘美著
おめでとう
忘れないでいよう。今のことを。今までのことを。これからのことを――ぽっかり明るくしんしん切ない、よるべない十二の恋の物語。

川上弘美著
ゆっくりさよならをとなえる
春夏秋冬、いつでもどこでも本を読む。まごまごしつつ日を暮らす。川上弘美的日常をおおどかに綴る、深呼吸のようなエッセイ集。

川上弘美著
ニシノユキヒコの恋と冒険
姿よしセックスよし、女性には優しくこまめ。なのに必ず去られる。真実の愛を求めさまよった男ニシノのおかしくも切ないその人生。

北村薫著
スキップ
目覚めた時、17歳の一ノ瀬真理子は、25年を飛んで、42歳の桜木真理子になっていた。人生の時間の謎に果敢に挑む、強く輝く心を描く。

北村薫著
ターン
29歳の版画家真希は、夏の日の交通事故の瞬間を境に、同じ日をたった一人で、延々繰り返す。ターン。ターン。私はずっとこのまま?

北村薫著
リセット
昭和二十年、神戸。ひかれあう16歳の真澄と修一は、再会翌日無情な運命に引き裂かれる。巡り合う二つの《時》。想いは時を超えるのか。

小池真理子著
恋
直木賞受賞

誰もが落ちる恋には違いない。でもあれは、ほんとうの恋だった——。痛いほどの恋情を綴り小池文学の頂点を極めた直木賞受賞作。

小池真理子著
浪漫的恋愛

月下の恋は狂気にも似ている……。禁断の恋の果てに自殺した母の生涯をなぞるように、激情に身を任す女性を描く、濃密な恋物語。

小池真理子著
無伴奏

愛した人には思いがけない秘密があった——。一途すぎる想いが引き寄せた悲劇を描き、『恋』『欲望』への原点ともなった本格恋愛小説。

椎名誠著
本の雑誌血風録

無理をしない、頭を下げない、威張らないをモットーに、出版社を立ち上げた若者たち。好きな道を邁進する者に不可能はないのだ！

椎名誠著
垂見健吾写真
風のかなたのひみつ島

素晴らしい空、子供たちの笑顔がまぶしい。そしてビールのある幸せな夕方……申し訳ないほど気分がいい島旅に、さあ出掛けよう。

椎名誠著
新宿熱風どかどか団

「本の雑誌」は4年目を迎えた。発行部数2万部、社員1人。椎名誠は35歳、ついに脱サラ。夢に燃える熱血どかどか人生が始まった。

重松清著
エイジ
山本周五郎賞受賞
14歳、中学生——ぼくは「少年A」とどこまで「同じ」で「違う」んだろう。揺れる思いを抱き成長する少年エイジのリアルな日常。

重松清著
きよしこ
伝わるよ、きっと——。少年はしゃべることが苦手で、悔しかった。大切なことを言えなかったすべての人に捧げる珠玉の少年小説。

重松清著
小さき者へ
お父さんにも14歳だった頃はある——心を閉ざした息子に語りかける表題作他、傷つきながら家族のためにもがく父親を描く全六篇。

高樹のぶ子著
光抱く友よ
芥川賞受賞
奔放な不良少女との出会いを通して、初めて人生の「闇」に触れた17歳の女子高生の揺れ動く心を清冽な筆で描く芥川賞受賞作ほか2編。

高樹のぶ子著
燃える塔
幼いわたしの前から突然姿を消した父。その隠された人生を遡る四つの旅。霊と幻想、濃密な官能に彩られた、きわめて個人的な物語。

高樹のぶ子著
百年の預言（上・下）
音楽家の魂を持つ二人の男と一人の女。ウィーンでの邂逅が彼らの運命を変えた——。激動の東欧革命を背景に描く、愛と死の協奏曲。

梨木香歩著
裏庭
児童文学ファンタジー大賞受賞

荒れはてた洋館の、秘密の裏庭で声を聞いた――教えよう、君に。そして少女の孤独な魂は、冒険へと旅立った。自分に出会うために。

梨木香歩著
西の魔女が死んだ

学校に足が向かなくなった少女が、大好きな祖母から受けた魔女の手ほどき。何事も自分で決めるのが、魔女修行の肝心かなめで……。

梨木香歩著
りかさん

持ち主と心を通わすことができる不思議な人形りかさんに導かれて、古い人形たちの遠い記憶に触れた時――。「ミケルの庭」を併録。

宮部みゆき著
火車
山本周五郎賞受賞

休職中の刑事、本間は遠縁の男性に頼まれ、失踪した婚約者の行方を捜すことに。だが女性の意外な正体が次第に明らかとなり……。

宮部みゆき著
理由
直木賞受賞

被害者だったはずの家族は、実は見ず知らずの他人同士だった……。斬新な手法で現代社会の悲劇を浮き彫りにした、新たなる古典！

宮部みゆき著
模倣犯
芸術選奨受賞（一～五）

邪悪な欲望のままに「女性狩り」を繰り返し、マスコミを愚弄して勝ち誇る怪物の正体は？著者の代表作にして現代ミステリの金字塔！

唯川恵著
あなたが欲しい
満ち足りていたはずの日々が、あの日からゆらぎ出した。気づいてはいけない恋。でも、忘れることもできない——静かで激しい恋愛小説。

唯川恵著
夜明け前に会いたい
その恋は不意に訪れた。すれ違って嫌いになりたくて、でも、世界中の誰よりもあなたを失いたくない——純度100％のラブストーリー。

唯川恵著
ため息の時間
男はいつも、女にしてやられる——。裏切られても、傷つけられても、性懲りもなく惹かれあってしまう男と女のための恋愛小説集。

吉本ばなな著
キッチン
海燕新人文学賞受賞
淋しさと優しさの交錯の中で、世界が不思議な調和にみちている——〈世界の吉本ばなな〉のすべてはここから始まった。定本決定版！

吉本ばなな著
アムリタ（上・下）
会いたい、すべての美しい瞬間に。感謝したい、今ここに存在していることに。清冽でせつない、吉本ばななの記念碑的長編。

よしもとばなな著
ハゴロモ
失恋の痛みと都会の疲れを癒すべく、故郷に舞い戻ったほたる。懐かしくもいとしい人々のやさしさに包まれる——静かな回復の物語。

新潮文庫最新刊

内田康夫著
不知火海
失踪した男が残した古いドクロは、奥歯に石炭を嚙んでいた——。九州・大牟田に長く封印されてきた恐るべき秘密に、光彦が迫る。

乃南アサ著
駆けこみ交番
閑静な住宅地の交番に赴任した新米巡査高木聖大は、着任早々、方面部長賞の大手柄。しかも運だけで。人気沸騰・聖大もの四編を収録。

阿刀田高著
こんな話を聞いた
さりげない日常の描写に始まり、ゾクリあるいはニヤリとさせる、思いもかけない結末が待つ18話。アトーダ・マジック全開の短編集。

志水辰夫著
ラストドリーム
仕事を捨て、妻を亡くし、自らをも失った男は、魂の漂流を始める。『行きずりの街』の著者が描く、大人のためのほろ苦い長篇小説。

内田幹樹著
機体消失
台風に姿を消したセスナ。ハイジャックされた訓練用ジャンボ機。沖縄の美しい自然を舞台に描く、航空ミステリー&サスペンス。

松尾由美著
雨恋
会いたい。でも彼女と会えるのは雨の日だけ。平凡なサラリーマンと普通のOL(ただし幽霊)が織りなす、奇跡のラブ・ストーリー。

新潮文庫最新刊

塩野七生著
終わりの始まり（上・中・下）
ローマ人の物語29・30・31
空前絶後の帝国の繁栄に翳りが生じたのは、賢帝中の賢帝として名高い哲人皇帝の時代だった――新たな「衰亡史」がここから始まる。

梅原猛著
日本の霊性
―越後・佐渡を歩く―
縄文の名残をとどめるヒスイ文化と火焔土器。親鸞、日蓮ら優れた宗教家たちの活動。越後、佐渡の霊性を探る「梅原日本学」の最新成果。

ひろさちや著
しあわせになる禅
禅はわずか五つの教えが根本原理。名僧高僧のエピソードや禅の公案の分析から、禅の精神をやさしく読み解く。幸せになれる名著。

甲野善紀
田中聡著
身体から革命を起こす
武術、スポーツのみならず、演奏や介護にまで変革をもたらした武術家。常識を覆すその身体技法は、我々の思考までをも転換させる。

酒井順子著
箸の上げ下ろし
男のカレー、ダイエット、究極のご飯……。「食」を通して、人間の本音と習性をあぶりだす。クスッと笑えてアッと納得のエッセイ。

石田節子著
石田節子のきものでおでかけ
かんたん、らくちん着付けが石田流。職人さんの手仕事、「和」の楽しみ……着物の奥深い魅力を知って気楽におでかけしましょう！

天国《てんごく》で君《きみ》に逢《あ》えたら

新潮文庫　い-82-1

平成十九年一月一日発行
平成十九年八月二十五日五刷

著者　飯《いい》島《じま》夏《なつ》樹《き》

発行者　佐藤隆信
発行所　株式会社 新潮社
郵便番号　一六二―八七一一
東京都新宿区矢来町七一
電話　編集部(〇三)三二六六―五四四〇
読者係(〇三)三二六六―五一一一
http://www.shinchosha.co.jp

価格はカバーに表示してあります。

乱丁・落丁本は、ご面倒ですが小社読者係宛ご送付ください。送料小社負担にてお取替えいたします。

印刷・大日本印刷株式会社　製本・株式会社植木製本所

ISBN978-4-10-130371-0 C0193